문영호 에세이 모음집

군소 한 접시, 손 편지 한 장

meal

추천의 글

인생을 살아가는 데 필요한 두 가지 축은 '재미'와 '의미'라고 표현한 글을 읽은 적이 있습니다. 이것을 저자에게 대입해본다면 저자는 글을 쓰면서 글 쓰는 재미도 있었겠지만 급변하는 시대의 격랑 속에서 뭔가 전달하고자 하는 의미도 있었을 것이라 생각됩니다.

30년 가까이 검사로 일했던 저자가 참 부드럽고 따뜻하면서도 한편 시사성 있는 이슈에 대해서는 곧은 목소리를 내는 여러 편의 글들을 모아 책으로 발간한다니 진심으로 축하드립니다.

오랫동안 검사직에 있었지만 구멍 난 데도 없고 찌그러지지도 않았던 저자!

저자는 눈금이 선명한 마음속의 자를 항상 지니고 있었을 것입니다. 이제 나이도 많아졌고 자유인이 되었으니 그 자를 미련 없이 멀리멀리 던져버리고 불유구不踰矩를 누리면서 더 바르고 곧은 글들을 계속 써주었으면 좋겠습니다.

흔히 사람은 기억과 망각 사이에서 산다고들 합니다. 잊어버려야 할 것은 얼른 잊어버려야 하겠지만 아픔과 고뇌 속에서도 잊지 못할 것은 세상을 향해 소리를 내어야 한다고 생각합니다. 저자가 내는 명징한 소리를 계속해서 듣고 싶습니다.

아침 해를 바라보면서 햇살처럼 공명정대한 세상이 오기를 바라는 '아침맞이', 시간을 뛰어넘어 살아 있는 따뜻한 정을 느끼게 하는 '손 편지 한 장', 이용수 할머니의 진실 어린 당당한 외침과 한명숙 전 총리의 확정 판결을 번복하려는 그릇된 시도를 대비한 '진실을 품은 자의 당당함', 검사가 가져야 할 진정한 자세를 생각해보게 하는 '누가 용기 있는 검사인가' 등의 글이 특히 마음에 와닿았습니다.

끝으로 세상이 법과 질서 안에서 서로 사랑하고 기뻐하며 바로 서기를 간절히 바랍니다. 이 책이 법조인뿐만 아니라 이 시대를 살아가는 많은 분에게 읽혀 마음을 기쁘게 하고 바르게 하는 '재미'와 '의미'가 전달되었으면 하는 바람입니다.

변호사, 시인 황선태

책을 내며

글을 쓰겠다고 펜을 들기까지 많이 망설였습니다. 속내를 드러내지 않은 채 머리로만 쓴 글을 누가 읽어주기나 할까 싶었고, 진정성이 없는 글은 가뜩이나 어지러운 세상을 더 어지럽힌다고 믿었기 때문입니다. '읽는 사람에게 울림이 있고 여운이 남는 그런 글이 아니라면 굳이 써서 뭐하겠나'라는 생각이 들었습니다.

되돌아보면 평생 글쓰기로 먹고 살았던 것 같습니다. 검사로 일할 때는 공소장, 신문조서 등을, 변호사로 일할 때는 의뢰인을 대변하며 변론요지서, 항소이유서 등을 쓰며 머리를 싸매고 끙끙댔으니까요. 그런데 그런 딱딱하고 무미건조한 글이 아니라 부드럽고 향기 나는 글을 언젠가 꼭 써보고 싶었습니다. 어쩌다 마음이 훈훈해지는 글을 접할 때마다 글 쓴 사람이 무척 부러웠습니다. 그래서 용기를 내어 펜을 들게 됐습니다.

글을 막상 써보니 경계해야 할 게 한두 가지가 아니었습니다. 지난날의 경험이나 에피소드를 풀어놓다가 등장하는 누군가의 명예를 건드릴 수도

있고, 가깝게 지내던 사람의 치부恥部를 뜻하지 않게
드러낼 수도 있었습니다. 세월이 흘렀다고 해서
직무상 알게 된 비밀을 함부로 털어놓을 수도 없는
일이었습니다. 친정이라 할 수 있는 검찰에 약이 되라고
해주는 쓴소리가 지나치게 사기士氣를 꺾어놓을 수도
있었습니다.

힘들고 마음 졸여야 하는 일을 왜 자청했을까.
쓰면서도 문득문득 회의가 들었습니다. 그러고도
쓰기를 이어온 건, 나이 듦의 탓일지도 모르겠습니다.
점점 희미해져 가는 지난날의 기억이 나이를 먹을수록
더 소중하게 느껴졌고, 그래서 어떻게든 되살려두려는
초조감에 누군가와 공유하는 길을 선택했다고 할까요.

시사성 있는 현안懸案에 대해 목소리를 내보겠다는
충동도 글쓰기에 한몫했습니다. 본말을 혼동해
곁가지를 붙잡고 죽자고 달려들거나, 진영 논리에
휘둘려 막무가내로 상대 쪽을 매도하는 사람을
볼 때마다 그냥 있을 수 없었습니다. 뭔가 가닥을
잡아주고 열기를 가라앉혀주고 싶은 충동을 억누르기

힘들었습니다. 수필의 형식과 다른 시론時論 형식의
글을 간간이 쓰게 된 건 그런 연유입니다.

글쓰기에서 얻는 게 있었고, 재미도 있었습니다.
나름대로 많이 생각해봤노라고 믿었던 이슈인
데도 막상 글로 풀어놓고 보면 유치하고 난삽하기
일쑤였습니다. 얼굴이 화끈거렸고 고쳐봐야 좋은 글이
될까 싶은 때도 있었습니다. 그런데 그 초안草案을
붙들고 수십 차례 다듬고 다듬다 보면, 생각이 정리됨과
동시에 글이 차츰 정리되더군요. 글쓰기의 매직이 주는
재미가 이런 거겠죠.

글을 매개로 가족과 소통하는 것도 의외의
소득이었습니다. 일간지에 실린 글을 읽은 딸과 아들이
소감을 가족 대화방에 올리면, 그에 답하는 방식으로
서로의 생각을 주고받았습니다. 평소 피해가기 마련인
무거운 이슈에 대해 이런 수준의 대화를 나누긴 쉽지
않지요. 아내는 일간지에 글이 실리기 전에 고맙게도
사전 검열관 역할을 해주었습니다. 혹시나 쓸데없는
시비에 휘말릴 소지가 있는지 깐깐하게 점검해주었고,

그걸 받아들여 표현을 조금 고친 적도 있었습니다.
예민한 이슈를 다룰 때는 항의성 메일이나 문자 세례를
받게 될까 봐 걱정했지만, 그런 일은 다행스럽게도
일어나지 않았습니다.

끝으로 중앙일보, 동아일보, 한국경제신문 등에
10여 년간 실렸던 글을 모아 책으로 묶어주신 출판사와
관계자분들께 감사드립니다.

2022년 가을
문영호

차례

2

일

3
세상

1

삶

아침맞이

해가 떠오르며 아침이 찾아온다. 어김없이 찾아오는 이 시간에 익숙해져 아무 생각 없이 아침을 맞곤 한다. 늦은 시간까지 잠들지 못하는 도시인의 아침은 서두름과 허둥댐으로 덮여버리기 쉽다. 일과日課에 쫓겨 하루를 시작하는 사람에게 아침을 어떻게 맞이하는지 물어봐야 시큰둥할 것이다. 하지만 내게 주어진 하루가 아침맞이에서 시작된다는 걸 알면 그 소중한 시간을 아무 생각 없이 흘려보낼 수 없다.

아침은 동녘 하늘에 어둠이 벗겨지며 시작된다. 저 멀리 능선에 붉은 해가 삐죽 솟아오르며 펼쳐지는 몇 분 동안의 햇살의 향연은 볼 때마다 벅찬 감동을 안겨준다. 둥근 해가 온전히 솟아올라 거침없이 햇살을 뿜어내면 대지에 생명의 기운이 퍼져 나간다. 흡사 의식을 시작하며 제단에 늘어선 촛대에 하나둘 불을 붙이는 것 같다. 살아 있는 것들은 더 생생해지고, 차디찬 돌덩이마저 온기에 녹아내릴 것 같다.

햇살이 불어넣는 생명의 마법을 제대로 느끼려면 집 밖으로 나가야 한다. 가까운 산을 찾는 것도 좋다.

산속에서 해가 뜨는 장면을 한 번이라도 본 사람은 그
감동을 평생 잊지 못할 것이다. 줄기 틈새를 헤집고
잎사귀에 꽂히는 햇살은, 시시각각 색깔을 바꾸며
나무를 흔들어 깨운다. 풀잎에 맺힌 이슬에는 반짝이는
햇살이 등불처럼 매달린다. 새소리, 계곡 물소리까지
어우러지면 햇살의 향연은 숨막힐 듯 황홀해진다.

아침맞이를 마무摩撫한다며 명상 수련을 해본 적도
있지만 10여 년 전부터는 음악 듣기로 돌아섰다. 어느
날 산행을 마친 뒤 귀갓길 자동차 안에서 들은 바이올린
선율이 몸속 세포 한 톨 한 톨을 깨우는 느낌을 받고
나서부터다. 아침맞이에 끼어든 음악 듣기는 이제
하루도 빼먹지 않는 취미가 되었다. 그런 아침의 여운을
흩트리지 않으려다 보니 바흐를 자주 듣게 된다. 바흐
음악 특유의 마음을 가라앉히는 마력에 이끌려서 그런
것 아닐까 싶다.

뭔가 특별한 아침맞이를 찾던 중에 우연히 만난
사람이 파블로 카잘스Pablo Casals. 96세를 넘겨 타계한
이 거장은, 피아노 앞에 앉는 것으로 아침을 맞았다.

분신처럼 끼고 지내온 첼로를 밀쳐두고 30분가량
바흐의 '평균율 클라비어곡'을 치는 것을 하루도 거르지
않았다고 한다. 전기傳記를 통해 접한 거장의 경건한
아침맞이는 두고두고 나에겐 사표師表가 되었다.

장엄한 아침맞이를 찾는다면 산사山寺에 가보길
권하고 싶다. 꼭두새벽부터 두 시간 가까이 산사에는
소리의 향연이 펼쳐진다. 도량석 목탁 소리에서 시작해,
범종의 긴 울림과 법고의 경쾌한 북소리, 목어木魚
두들기는 소리가 차례로 이어진다. 온갖 생명체와
만물을 깨워놓겠다는 결연함이 느껴진다. 스님의
마무리 독경 소리가 끝나면 산사에는 명징明澄함이
가득해지고, 그 명징함 속으로 살며시 아침 햇살이
밀려온다.

돌이켜보니, 지난날 나의 아침맞이도 늘 여유로웠던
것은 아니다. 하지만 출근 시간에 쫓기는 날에도,
업무 스트레스로 밤잠을 설친 날에도 어김없이
잠자리를 박차고 일어났다. 아침의 그 무엇이
나를 그렇게 이끌었을까. 그것은 햇살이 보여주는

공명정대公明正大함 때문이었던 것 같다. 어느 것 하나도 차등을 두지 않고 곧게, 그리고 최대한 넓게 비추는 햇살의 공명정대함을 눈으로 확인하고 싶었다. 그리고 닮고 싶었다. 법의 잣대로 이런저런 일을 재단하는 사람이 결코 잃어서는 안 되는 그런 공명정대함을, 햇살은 아침마다 실행으로 보여줬다.

언젠가부터 아침맞이에 나서는 발걸음이 가벼워졌다. 아내가 동반자로 나서고부터다. 이제 더 씩씩하게 아침을 맞이하며 가슴 가득 햇살을 품어야겠다. 경건함과 명징함으로 가다듬고 그러길 거듭하다 보면, 공명정대함이 햇살처럼 가득한 세상이 성큼 다가오지 않을까.

(2019. 2 중앙일보)

손 편지 한 장

쓱쓱쓱쓱 소리가 난다. 펜 끝이 종이를 긁고 지나간 자국을 따라 글이 새겨진다. 또박또박 간절함을 실으며 그 마음의 깊이를 받는 이에게 전한다. 써본 사람만이 손 편지의 맛을 알리라. 휴대폰에 엄지로 찍어 쓰는 글에 익숙해진 세상에서 손 편지는 추억이 됐다.

한때 손 편지에 매달린 추억이 있다. 15년 전 창원지검에 발령을 받은 때였는데, 간절한 마음을 담아 마법이라도 일으키고 싶었던 것 같다. 당시 검사장 근무가 처음이었던 나는 꿈에 부풀어 있었다. 종전의 틀에서 벗어나고 싶었고, 직원들이 신명 나게 일하도록 북돋는 치어리더 같은 검사장이 되고 싶었다. 직원들과 마음을 열고 소통할 수 있는 묘책이 필요하다고 생각했고, 편지 쓰기에 착수했다. 생일 하루 전날 축하 편지를 적어 도서상품권과 함께 보냈다. 막상 시작하고 보니 몇 자 적는 것이 간단한 일이 아니었다. 수사관, 여직원, 방호원까지 대상자가 230명이 넘었고, 닷새쯤의 연휴가 닥쳐 대여섯 통을 몰아 써야 하는 날엔 머리에 쥐가 날 지경이었다.

초안을 미리 잡더라도 쓰는 과정에서 실수가 생기곤 했다. 편지지에 만년필로 정서正書를 했는데, 한 자라도 틀리면 처음부터 다시 써야 했다. 600자가 넘는 글짓기는 단순히 의례적인 인사말뿐만 아니라 개인 신상이나 취미, 자녀의 입시 합격 등이 적힌 메모를 보고 공감하며 감동을 이끌어내야 하는 녹록지 않은 작업이었다. 특히 자녀들의 입시 희소식은 빠질 리 없었다. 단골 메뉴는 역시 그들 고향에 관한 얘기였다. 산청을 거쳐 지리산에 올랐다가 산장에서 본 밤하늘의 별, 남해 금산 보리암에서 내려다본 새벽 바다 풍경이 등장했다.

허들은 또 있었다. 나는 마음을 다해 손 편지를 쓴다고 하지만 상대가 어찌 받아들일지는 확신이 없었다. 다름 아닌 삭막한 업무 분위기 때문이었다. 포승줄에 묶인 사람을 수시로 대면하고, 행정관청 민원 제기로 풀리지 않는 고충을 해결해달라는 고소인의 아우성을 달래고, 죄를 짓고도 뻔한 거짓말로 우기는 상황을 제압하기도 한다. 그런 일상이다 보니 직원들은 자기 보호 본능 때문인지 마음을 열지 않고 기계적으로 일을 처리했다. 나는 그런 직원들을 바꿔보고 싶었다. 민원인이나 고소인을 대할 때, 가까운 친척의 일을 해결해주는 마음가짐이 되었으면 하는 바람이었다. 이미 업무 자세가 굳은 6, 7급 직원의 변화가 가장 절실했다. 사건 관계인 접촉이 많은 만큼 그들이 내뱉는 거친 말 한마디는 신뢰 실추에 치명적일 수 있었다.

   손 편지의 마법을 처음으로 보여준 건 청사 방호원 김씨였다. 출퇴근 때 짧은 눈맞춤이나 나누면서 큰 체구에 중저음의 목소리 정도만 기억했을 인연이 편지 덕분에 절친한 친구 사이처럼 깊어졌다. 해병전우회 회원으로서 주말 봉사 활동에 열성적이고, 두 해 전 심장 혈관에 스탠트 삽입 시술을 한 사연을 편지에 담아 전해준 다음 날 아침, 김씨의 달라진 표정이 지금도 생생하다. 편지를 받은 다른 직원들의 표정도 조금씩 바뀌었다. 점심시간이면 항상 구내식당까지 이어지는 복도를 걸어가는데, 그동안 마주치는 직원들을 유심히 관찰하곤 했다. 처음엔 거의 눈길을 피했지만 반년쯤

지나자 대다수가 나와 눈을 맞추었다.

　1년 동안의 근무를 마친 나는 다음 임지인
부산으로 떠났다. 그리고 훗날 변호사가 되어
창원지검을 방문한 적이 있다. 청사 앞, 차에서
내리자마자 방호원 김씨와 마주쳤다. 그의 표정에
감전되어 나도 모르게 그의 어깨를 얼싸안았다.
검사장실까지 엘리베이터를 타지 않고 걸어 올라가며
몇몇 직원과 눈맞춤을 즐겼다. 손 편지가 만들어낸
그들의 표정은 몇 년의 소원한 시간을 뛰어넘어
생생하게 살아 있었다. 기적 같았다.

(2019. 7 중앙일보)

산이 마음을 열다

산에 오르는 이유는 사람마다 다를 것이다. "거기 산이 있으니 오른다"라는 말도 있듯이 많은 이가 특별한 이유 없이 힘 드는 걸 무릅쓰고 산에 오른다. 산의 무엇이 사람을 그리 만드는 것일까. 나도 그간 숱하게 산에 올랐건만 산이라는 말만 들어도 가슴이 설레는 건 여전하다.

등산 여건으로 보면 우리만큼 복 받은 땅이 어디 있을까 싶다. 우리의 산은 알프스나 로키의 산들처럼 멀리서 쳐다보며 즐기는 것이 아니다. 비록 좁은 국토지만 크고 작은 산이 오밀조밀 모여 있어 전문 등반가가 아니더라도 몸에 맞는 산을 골라 오를 수 있다. 웬만한 봉우리에 올라 멀리 겹겹이 펼쳐진 능선을 보면 눈물이 날 만큼 아름답다는 생각이 들 때도 있다. 오랜 세월의 풍화가 빚어낸 푸근함 덕분이리라.

등산이 몸에 좋다는 말에 무슨 설명이 필요하랴. 오르막길에서는 가슴 쪽 장기에, 내리막길에서는 아랫배 쪽 장기에 저절로 자극이 간다. 온몸을 골고루 자극해 기운이 활발하게 돌기 시작할 때의 뿌듯함은 세상을 다 가진 것 같다고 할까. 그 뿌듯함에 맛 들면 아무리 추운 겨울이라도 이불을 박차고 일어나 산행에 나서지 않을 수 없다.

한두 번 산에 오르다 보면 마음 수양에도 좋다는 걸 깨닫게 된다. 몸과 함께 마음이 편안해지면서 막연한 불안감이나 초조함이 사라진다. 누구나 경험해봤겠지만 마음이 편안해지면 온몸의 감각이 살아나고 조그만 자극에도 쉽게 마음이 열린다. 가족끼리 산행을 마치고 귀갓길에 아이들에게 말을 걸어보면 눈으로 확인할 수 있다. 학교 공부에 찌든 아이들도 서로 먼저 말을 하겠다고 앞다툴 만큼 말문을 터주는 게 산행이다.

산에 오를 땐 혼자만의 재미를 찾을 수도 있다. 숲속을 걸으며 나무와 이런저런 대화를 해보는 것이다. 어느 계절이나 다 좋지만 나무와 가까워지기에는 아무래도 겨울 산이 최고다. 사각사각 눈 밟히는 소리를 들으며 벌거벗은 나무에게 말을 걸어본다. 새소리, 바람 소리가 배경으로 깔리면 분위기가 더 살아난다. 그중에는 여름철 치장을 벗고 앙상한 가지를 드러낸 채 무소유를 실천하고 있는 나무도 있고 무념무상의 선정禪定에 들어간 것 같은 나무도 있다.

나무와 대화를 하고부터 하찮게 지나치던 풀 한 포기, 나무 한 그루가 하나의 생명으로 새롭게 보이기 시작했다. 한자리에 뿌리내리고 온갖 풍상을 이겨내며 수십 년, 수백 년 세월을 버티는 나무들…. 그들이 이겨내는 인고의 시간에 뒤늦게나마 눈을 떴다. 가지를 하늘로 뻗어 올리고 자리를 잘 잡고 서 있는 나무의 늠름함에 매료된 적도 있고, 바위 틈새에 어렵게 뿌리를 내리고 능선의 세찬 칼바람을 맞고 있는 강인함에 머리가 숙여진 적도 있다.

어느 새벽, 집에서 멀지 않은 조그만 산에 올랐다. 산 위에서 솟아오르는 일출을 보며 가슴 가득 햇살을 받아서인지 귀갓길 차 안에 울려 퍼지는 바이올린 선율이 유난히 가슴속에 파고들었다. 짧은 산행 덕분에 새삼 살아 숨 쉬는 것 자체에 감사한 마음이 드는 아침이었다.

(2010. 12 한국경제)

군소 한 접시

남해안 청정 지역에서 주로 잡힌다는 군소라는 해산물을 아는 사람이 많지 않은 것 같다. 부산에서 태어나 자란 사람들 중에도 먹어보기는커녕 이름조차 들어보지 못했다는 이가 적지 않다. 군소의 오묘한 맛을 아는 사람으로서는 안타깝기 그지없다. 아는 사람만이 찾아 먹게 된 건 아마도 이 놈의 험악한 생김새 때문일지도 모른다. 해삼 비슷하게 생긴 것이, 껍질 부분은 시커멓고 속살 부분은 옅은 갈색이다. 데쳐서 초고추장에 찍어 먹기도 하고 간장에 조려 제사상에 올리기도 하는데, 씹으면 표고버섯 느낌의 육질에서 달착지근하면서도 약간 쓴맛이 오묘하게 우러나온다.

어린 시절 즐겨 먹었으나 서울 생활이 오래되다 보니 먹으려야 먹을 수 없었던 이 군소와 30여 년 만에 마주쳤다. 5년 전 부산에서 근무할 당시 알게 된 젊은 도예가 한 분의 집에서 처음으로 가진 식사 자리에서였다. 집주인 부부의 뛰어난 음식 솜씨 소문을 익히 듣긴 했지만, 솔직히 음식보다는 그릇에 관심이 더 많이 가던 터였다. 집주인이 장작 가마에서 손수

작품으로 구운 도자기 그릇 위에 음식을 담으면 얼마나
폼 나고 맛이 살아날까 궁금해하면서 식사 자리가 무척
기다려졌다.

다실에서 차를 마시고 식탁으로 자리를 옮겼다.
기장 앞바다와 가까워 마침 운 좋게도 물 좋은 광어를
살 수 있었노라며 신이 나서 이야기한 집주인이 회를
뜰 준비를 마치고 난 뒤 기다리는 동안 먹으라며
애피타이저로 내놓은 것이 바로 군소 한 접시였다.
눈이 번쩍 뜨이며 한 점을 젓가락으로 집어 입에 넣어
씹는 순간, 조금 과장하자면 온몸에 전율이 느껴졌다.
혓바닥만이 아닌 온몸의 신경이 곤두서며 어린 시절에
대한 향수, 고인이 된 어머니에 대한 그리움, 친척들끼리
제사상에 올린 음식을 나눠 먹던 정겨움 같은 감정들이
한꺼번에 밀려오는 게 아닌가. 그것은 한순간에 수십
년 세월의 간극을 뛰어넘는 충격이었다. 누가 무엇으로
이런 감동을 줄 수 있을까.

군소 한 접시를 대접하면서 초대한 손님이 즐겨
먹던 것 중에 오랫동안 먹어보지 못한 게 뭘까 고민

고민한 끝에 찾아낸 것이라는 집주인의 설명을 듣고
보니 더욱 고마운 마음이 들었다. 그날 이후 어쩌다
고향에 가게 되면 친척 집보다 먼저 부산 근교에 있는 그
도예가의 집을 찾게 되었다.

누구나 경험했듯이 음식은 사람과 사람 사이의 정을
끈끈하게 만드는 중요한 매개가 된다. 그래서 예부터
명절이나 잔칫날에 음식을 나눠 먹으며 기쁨을 함께하고,
손님을 제대로 대접하고 싶을 때 집으로 초대해 정성껏
음식을 차려 같이 먹으려는 게 아닌가.

그런 의미에서 문화권이 다른 외국 사람을 가까이
끌어들일 수 있는 매개로 음식을 활용하는 것은 지극히
자연스러운 일이다. 우리의 음식을 좀 더 알려야겠다고
정부가 발벗고 나서 '한식의 세계화'를 추진한 것도 그런
이유 때문일 것이다. 진정한 한식의 세계화를 위해선 어떤
음식을 알릴 것이냐에 머물 것이 아니라 먹는 사람에게
어떻게 감동을 줄 수 있을지를 함께 고민해야 할 것 같다.

(2010. 11 한국경제)

신뢰가 깃든 기다림

스페인 땅을 처음 밟은 건 십 수년 전이었다.
바르셀로나가 낳은 천재 건축가 안토니 가우디를
만나고 싶었다. 호텔에 짐을 푼 다음 날, 그가 남긴
건축물 사그라다 파밀리아 성당으로 달려갔다. 서른한
살에 설계 구상에 착수해 43년간 매달렸건만, 완성을
보지 못한 채 그는 세상을 떠났다. 그 후 100년 가까이
중단을 거듭하면서도 공사가 진행 중이다. 후임자의
손을 거치면서 오랜 세월 동안 그의 꿈이 실현될 수
있도록 노력하고 기다려준다는 사실이 믿어지지
않았다.

성당에 들어섰다. 거대한 규모는 예상한
대로였지만, 어쩐지 기묘하다는 느낌이 들었다.
성스러운 분위기로 마음을 차분하게 만드는 여느
성당과 다르게 느껴진 건, 독특한 건축양식에서
느껴지는 낯섦과 한쪽 편에서 공사 중인 어수선함이
겹쳐 그런 것인지 모르겠다. 오직 바르셀로나 시민들의
성금만으로 지어진다는 설명을 듣고 성당을 보니, 숲속
키 큰 나무처럼 뻗어 천장을 떠받치는 기둥 하나하나가

예사롭게 보이지 않았다. 모금에 참여한 수많은 사람의 온갖 기원이 켜켜이 서려 있기 때문 아닐까.

뭇사람의 기원祈願이 가우디의 혼魂을 불러냈음이 분명하다. 천주天主를 향해 간절히 기도하면서, 꿈꿨던 건축물을 완성하라고 가우디의 혼을 불러내지 않고서야 가능하지 않았을 일 아닌가. 사후 100년 가깝도록 기다려주는 건, 건축가 가우디에 대한 시민들의 무한한 신뢰를 보여주는 것이다. 그날 사그라다 파밀리아는, 신뢰로 쌓은 기다림의 금자탑으로 다가왔다.

그들처럼 기다림을 자연스럽게 받아들일 수도 있건만, 우리 주변에는 기다림을 불편해하며 피하려 하는 사람이 더 많다. 계절의 변화처럼 어김없이 오는 것조차 조급해하거니와 올지 말지 알 수 없는 걸 기다릴 땐 더 말할 나위가 없다. 좀처럼 오지 않는 행운을 기다릴 때는 애를 태우기 일쑤고, 맞닥뜨리기 싫은 일을 기다릴 때는 불안과 초조로 피를 말린다.

기다림에 좀 더 친숙해질 수는 없을까. 기다림의 시간에서 기분 좋은 설렘을 건질 수 있다면 누구나 기다림을 기꺼이 받아들이리라. 손바닥만 한 앞마당에 꽃을 가꿔보면 기다림이 설렘 가득한 이벤트가 되는 것을 경험할 수 있다. 추위에 떨며 봄이 언제 오나 손꼽아 기다리다 보면 어느새 언 땅속에서 수선화가 얼굴을 내밀고, 이어서 히아신스, 튤립이 피어 오른다. 마침내 봄이다. 그러다 목단, 작약 등이 풍성하게 피면 어느새 봄이 지나가기 시작한다. 3월 하순부터 두 달 동안은 설렘과 아쉬움이 교차하는 기다림의 축제에 빠질 수 있다.

경계해야 할 기다림도 있다. 탐욕과 만나 허황해진 기다림이 그렇다. 한 번 빠지면 좀처럼 헤쳐 나오지 못할 만큼 끈질기다. 인생 역전의 한방을 노리다 파탄을 맞는 투기꾼이나 도박꾼들을 보면 쉽게 알 수 있다. 끝내 절망과 회한으로 마감할 게 뻔한데도 당장에는 스릴의 짜릿함에 현혹되는 걸까.

기다림이 한 편의 드라마가 될 때도 있다. 간절함과 지성至誠으로 채워진 기다림이 극적 반전을 불러올 때다. 오랜 무명 생활을 이겨내고 대스타가 된

연예인, 몇 차례 낙선 끝에 배지를 단 국회의원, 7전 8기로 낙방의 터널에서 벗어난 고시 합격생 등이 그 주인공이다. 거듭된 실패를 딛고 일어선 그들은 믿고 기다려준 사람들에게 더 큰 감동을 안겨준다. 본인에겐 새로운 세상을 열어주는 혹독한 담금질이 되었을 거다. 허송세월이 숙성熟成의 시간으로 바뀌는 전화위복이 연출되는 것이다.

기다림으로 경쟁하는 사람도 있다. 갈고 닦은 숙성의 내공內功을 뽐내며 수백 년 동안 와인을 빚어 마신 유럽 사람들이 그렇다. 길고 짧은 숙성을 자유자재로 구사하며 경쟁한 그들 덕분에 와인은 전 세계적으로 사랑을 받고 있다. 숙성을 매직 수준으로 끌어올린 와인메이커도 있다. 이름난 산지의 경우 생산 와인이 수백 종 넘지만, 같은 밭에서 키운 포도로 같은 방식으로 빚어도 빈티지(포도 생산 연도)에 따라 맛과 향이 달라진다. 해마다 기후 조건이 다르기 때문이다. 한두 해 오크통 숙성을 거친 후 병입瓶入된 상태의 숙성이 수십 년 더 보태진다면 보존 기간에 따른 맛과 향의 다양성은 거의 무한대로 확장된다. 전 세계 와인 마니아의 코와 혀를 사로잡는 와인의 매력은 한마디로 기다림의 매직이다.

그들이 부럽다. 오랜 세월 좋은 와인을 빚으며 기다림에 익숙해지고, 그 속에서 기다림이 문화가 된 것이 부럽다. 기다림은 믿음이 전제되지 않으면 불가능하다. 믿고 기다려줬기에 사그라다 파밀리아 같은 건축물도 가질 수 있었던 거다. 믿고 기다려주니 저 하늘의 가우디가 보답하는 것처럼, 건축물 하나가 수많은 관광객을 바르셀로나로 끌어들이고 있다. '빨리빨리'만 강조하며 살아온 우리도, 이제는 수십 년 믿고 기다려줄 만큼 기다림과 친숙해지면 좋겠다.

(2020. 6 중앙일보)

스위스의 지난날

순백의 만년설을 머리에 이고 병풍같이 늘어선 알프스의 영봉靈峯, 푸른 초원에서 한가롭게 풀을 뜯고 있는 소떼와 그림 같은 집. 이런 풍경은 누구나 한번쯤 꼭 가보고 싶어 하는 관광 대국 스위스의 트레이드마크가 된 지 오래다. 나 역시 그랬다.

주마간산走馬看山이 아니라 스위스를 제대로 한 번 보고 싶었다. 아름다운 자연을 어떻게 가꾸며 오늘의 풍요로움을 일구었는지 알고 싶어, 십여 년 전 여름휴가를 틈타 스위스 여행길에 나섰다. 열흘 동안 이름난 관광 명소는 물론 도시와 산속 마을 이곳저곳을 다녀보니 감탄이 저절로 나왔다. 구석구석 깨끗하고 모든 것이 잘 다듬어져 있어 부럽고 샘이 났다. 보존할 것은 보존하고, 개발은 필요한 만큼만 손을 대어 거슬림이 없었다. 자연이 주는 혜택을 최대한 누리며 그 속에 포근히 안긴 듯한 모습이었다.

스위스는 한반도의 5분의 1밖에 안 되는 좁은 면적에, 그 땅의 70%가 산일 만큼 높고 험악한 산세가 국토의 많은 부분을 차지한다. 해발 2000m까지를 주거 지역으로 정해놓고 정부에서 상하수도, 전기, 대중교통을 보장해준단다. 그런 환경에 적응하며 나름대로 먹을거리도 확보하고 삶의 터전도 마련한 것이다. 거기에서 한걸음 더 나아가 그 척박한 환경을 상품화해 오늘날 관광 대국으로 발전시켰다.

여행을 하며 더욱 호기심이 일어 이런저런 자료를 찾아보니 그들이 지나온 궤적이 어렴풋이나마 보였다. 유럽의 다른 국가들이 산업혁명으로 한창 재미를 보고 있던 때, 스위스 국내에는 산업다운 산업이 없었다. 외국에 용병으로 나가는 게 외화벌이 수단이었던 스위스 사람들은 절박함을 느꼈을 것이다. 마침내 척박하지만 아름다운 자연을 상품화하는 것이 살 길이라는 데 눈떠 산 위에까지 선로를 깔고 톱니바퀴 열차를 개발하는 등 기초 인프라 구축에 나섰다고 한다. 따질 것도 없이 해외에서 벌어온 외화가 밑천이 됐기에 가능했다. 용병이 땀과 피를 판 대가가 오늘날의 스위스가 있게 한 밑거름이 됐다는 놀라운 이야기다. 송출된 용병은 소속된 나라가 다르면 서로를 죽이는 상황까지도 있었다고 한다. 루체른 시내 공원에 세워진 '죽어가는 사자'라는 조각상 앞에서 하염없이 눈물만 흘리다가 돌아가는 스위스 사람들이 많은 이유를 그제야 이해할 수 있었다. 그들의 영혼을 위로하기 위함이었던 것이다.

여행에서 돌아와보니, 국토의 균형 발전을 떠들면서도 수도권에 전 인구의 절반이 모여 사는 우리의 현실이 더욱 답답하게 느껴졌다. 스위스로 여행하는 사람들이 점점 늘고 있는데 그들의 현재 모습만 볼 것이 아니라 지나온 삶도 깊이 성찰해봤으면 좋겠다. 자연이 주는 혜택을 개발이라는 명목으로 뭉개버리는 데 익숙한 우리로서는 배울 점이 많은 나라인 듯하다. 한시 바삐 우리도 스위스 배우기에 적극 나섰으면 좋겠다.

여름이 오면, 나는 다시 스위스에 가고 싶어진다.

(2010. 11 한국경제)

미국 초등학교 선생님

한국 교육이 경쟁력 있으니 배워야 한다고? 귀를 의심하며 자세히 기사를 보았다. 미국의 오바마 대통령이 한 말이란다. 어리둥절한 가운데 '우리가 모르고 지나쳐버린 우리 교육의 강점이 어디에 있을까?' 곰곰이 생각해봤지만 부정적인 생각만 머릿속에 맴돌 뿐이다. 오히려 한동안 잊고 지냈던 어느 미국 선생님에 대한 기억만 다시 살아남으니 이를 어쩌랴.

난생처음 미국 땅을 밟은 게 1980년대 중반, 근 40년이 되어간다. 어깨를 짓누르는 검찰 업무에서 벗어나 로스쿨 학생이 된다는 꿈에 부푼 것도 잠시, 가을 학기 시작 전에 준비해야 할 게 한두 가지가 아니었다. 교포 한 분의 도움을 받아 학교가 있는 워싱턴DC에서 가까운 조그마한 도시에 아파트를 빌려 살림살이 준비했다. 중고차를 구입하고 운전면허 취득까지 마친 다음, 일곱 살 딸아이를 집 부근 공립 초등학교에 입학시키고 나서야 한숨 돌릴 수 있었다.

아이를 입학시키긴 했지만 알파벳 정도밖에 모르는 아이가 수업을 제대로 따라갈 수 있을지,

동급생들과는 잘 어울릴 수 있을지 은근히 걱정이
되었다. 하지만 한두 달 지나고 보니 그건 그야말로
쓸데없는 기우였다. 스무 명 남짓한 학생 중 아시아계
서너 명을 따로 모아 해주는 방과 후 영어 교습 덕분에
금세 학교에 재미를 붙이게 됐다. 미국 교육의 저력이
느껴졌다. 1년의 연수가 끝나갈 즈음에는 그동안
쌓아온 영어 실력을 계속 살릴 수 없는 게 무척 아깝게
생각될 정도였다. 귀국을 앞두고 담임 선생님께
감사하다는 인사를 드리러 학교를 방문했다. 40대
중반의 여자 선생님은 머릿속에 그리던 대로 교직에
대한 자부심이 대단한 사람으로 보였다. 한국에
돌아가면 아이가 영어를 학교에서 계속 배울 수
있느냐고 자상하게 묻기에, 5년 후 중학교에 들어가야
제대로 배우게 된다고 대답했다. 그러자 책 몇 권을
꺼내주시면서 귀국하면 집에서라도 레벨에 맞춰
읽히라고 친절히 권유해주셨다.

　코끝이 찡한 감동을 억누르며 교실 밖으로
나서는데, 이번에는 데리고 간 다섯 살짜리 아들에게

말을 거시며 "네 이름이 ○○○ 맞지, 네 생일이 ○월
○일 맞지?"라고 말씀하시는 게 아닌가. 너무 놀라서
"아니, 선생님이 한 번도 본 적이 없는 우리 아이
생일까지 어떻게 알고 계시느냐?"라고 되물었더니,
딸아이가 써온 일기장을 읽어보고 알게 됐노라고
대답하셨다. 순간 그 자리에서 엎드려 절이라도 올리고
싶었다. 선생님의 이상적인 모델이 바로 이런 모습이
아닐까 생각하며….

　내가 겪은 이 일이 물론 미국 교육 현장 전체의
모습은 아니겠지만 그런 선생님들이 있어 오늘날 미국의
국력이 나왔다고 믿고 싶다. 교실에서 수업 시간 내내
엎드려 잠자는 학생을 남의 일 보듯이 방치하는 우리네
선생님들에게서 그런 감동을 기대하는 건 무리일까.
우리 교육은 어디서부터 매듭이 엉켰을까.

(2010. 10 한국경제)

달항아리 한 점 모셔두고

달항아리를 한 점 모셔뒀다. 거실 한편을 등지고
앉아 식구들의 눈길을 듬뿍 받고 있다. 아침 햇살이
비스듬히 들어오면 마치 보름달이 내려앉은 것 같다.
달항아리라는 정겨운 이름을 누가 붙여줬을까?
보름달을 닮았다고 해서, 조선 시대 실생활에서 쓰던
백자 대호大壺를 그렇게 불렀단다. 둥근 형태나 흰색이
안겨주는 푸근함 덕분에 이 분야 권위자인 최순우
선생은 "잘생긴 맏며느리를 보는 것 같다"라고 했던가.
푸근함뿐만 아니라 깔끔하고 옹골진 면도 겸비한
며느리 같다고 한마디 덧붙이고 싶다. 형태와 색의
단순미 그리고 도자 특유의 고졸古拙함에 매료되어,
일찍부터 달항아리를 두고 한국적 정서에 꼭 들어맞는
아름다움이라고 예찬했나 보다. 눈으로 봐도 좋지만
손으로 쓰다듬어보면 더 좋다. 가마의 온기가 남아
있는 것처럼 따스하면서도 부드럽다.

　　달항아리에 끌려 눈길을 주다가 묘한 기운을 느낀
적도 있다. 에너지가 스며 나온다고나 할까. 1300도가
넘는 가마 속 불길을 사흘 밤낮 동안 온몸으로

받아냈으니, 그 내공內功이 어디 가겠는가. 그런 불길로
가공한 한 점의 도자는, 붓질이나 조각칼 끝에서
완성되는 미술품과는 다를 것 같다. 물레를 돌려 흙을
그릇 모양으로 성형하기까지의 손길은, 도자 굽기
작업의 시작에 불과하다. 불길 속에서 형상을 지켜내며
곱게 발색發色한 것만이 작품이 된다. 불 때는 정성이
아무리 지극해도 하늘이 도와주지 않으면 헛일이 된다.

　몇 해 전 인연을 맺은 거실의 달항아리는, 가깝게
지내는 도예가가 장작 가마에서 구운 것이다. 전통
도자의 재현再現인 셈이다. 파리 유네스코 본부
로비에서 열린 전시회에 내놓은 작품 중 하나다.
그동안 전 세계 예술품들이 이곳에 전시되었지만,
도자기로는 중국과 일본을 제치고 처음이었다고
한다. 이 자랑스러운 일에 정부의 지원이 없었다는 데
놀라고도 화가 나 후원하는 마음으로 한 점 들였다.

　달항아리 인수 전부터 그 도예가와 자주 만나,
평소 목말라하던 도자기 이야기를 들었다. 도자에
얽힌 한일 관계가 화제에 오르지 않을 수 없었다.

임진왜란 때 일본으로 끌려간 조선 도공들이 도자기의 산업화에 크게 기여했고, 혼란기 중국 도자기 수출이 수십 년간 중단되는 틈새를 파고든 일본 도자기는 수출 효자 산업이 되었다. 그렇게 번 돈으로 우리보다 한발 앞서 근대화에 나섰다는 역사의 흐름을 상기하며 통음하기도 했다. 일본의 앞선 근대화가 결국 일제 강점으로 흘러가지 않았던가.

착잡한 생각에 죄스러운 마음이 들 때마다 어떻게든 도자기 사랑을 실천해야겠다고 다짐했다. 관련 자료를 찾아 읽고, 일본 규슈의 도자기 마을을 둘러보기도 했다. 조선 도공들의 숨결을 그곳에서 느껴보고 싶었다. 후쿠오카 근교의 가라쓰唐津市에는 조선 도예의 분위기가 남아 있었지만, 아리타와 가고시마는 일본화가 굳어진 것 같았다. 도자기에 관심이 높아진 아내 덕분에 집에서 쓰는 식기까지 바꿔 아침저녁으로 만져보고 있다. 우리의 도자기를 아끼며 많이 쓰는 게 후손의 도리라 생각해서다.

높고 넉넉한 달항아리 속에 뭘 담아두면 좋을까?

실생활에 쓰지 않고 눈으로만 감상하고 있으니

간절한 염원 같은 걸 담고 싶다. 꼬일 대로 꼬인 한일

관계가 도자기 교류 전시 등을 통해 미래지향적으로

풀려나가길 바라는 마음을 담으면 어떨까. 사변思辨과

명분 싸움에 치우쳐 실용과 실리를 모두 놓친 지난

역사에 대한 반성을 담아도 좋겠다.

(2019. 4 중앙일보)

일본을 다시 생각하며

2010년 광저우 아시안게임을 기억한다. 우리 선수들은 국민의 기대를 저버리지 않았다. 메달 수로도 2위지만 수영을 비롯한 많은 종목에서 보란 듯이 일본을 눌렀다. 일본 내에서조차 왜 한국을 배우지 못하느냐고 자책하는 목소리가 높았다고 한다. 비록 운동경기이긴 하지만 나라를 빼앗긴 경술국치가 있은 지 꼭 100년이 된 시점에 듣는 승전고라 기분이 묘했다.

운동경기만큼 온 국민의 관심을 한쪽으로 결집시키는 구심점을 찾기란 쉽지 않다. 특히 상대가 일본이라면 물어볼 것도 없다. 무조건 이겨야 한다. 그중에는 상대가 일본이라는 이유로 그 결과에 비이성적으로 집착하는 경우도 있는 것 같다. 그러다 일본을 보는 시각에 냉정함을 잃게 되지 않을까 은근히 걱정이 되기도 한다.

일본은 가깝기도 하고, 많은 이가 가보고 싶어 하는 나라이기도 하다. 생김새가 비슷하고 음식이 입맛에 익은 것도 그렇고, 치안 상황도 믿음직스러워 머무르는 동안 마음을 놓을 수 있다. 그리고 경제성장이 둔화되긴

했어도 여러 가지로 보고 배울 점이 많다고 생각해 엔고

장벽이 왔을 때도 많은 사람이 일본을 찾곤 했다.

　이렇게 교류가 많은 일본이지만 일본을 생각할 때

머릿속에 떠올리는 상념은 사람마다 다를 수 있다.

하지만 한국 사람에게는 지금까지도 무언가 속내를

숨기고 있는 듯한 느낌이나, 이쪽의 가슴속 응어리를

애써 외면하는 듯한 느낌을 주는 것이 어쩔 수 없는

현실이다.

　엉뚱하다고 할지 모르지만 개인적으로는

아침저녁으로 밥상에서 마주하는 도자기 그릇을

보면서 일본을 떠올린 게 한두 번이 아니다. 도자기에

얽힌 지난날의 역사에 생각이 미치면 온갖 회한으로

마음이 무거워진다. 임진왜란 당시 도자기 선진국

조선에서 끌려간 도공들은 적지인 일본에서 어떤 대우를

받으며 살아남았을까, 장인의 자존심을 존중해주는 걸

고마워하며 그들에게 머리를 숙였을까….

　무엇보다도 일본이 조선의 도공들을 활용해

도자기를 수출 상품으로 키워냈다는 사실은 놀랍기

그지없다. 17세기 명나라가 쇠하고 청나라가 들어서는 혼란기에 중국 내 도자기 생산 기지였던 징더전景德鎭이 오랫동안 폐쇄되고 도자기 수출이 중단되자 일본 도자기가 그 공백을 메운 것이다. 우리가 할 일을 그들이 가로챈 것이라고 할까. 19세기 말 일본이 메이지유신으로 서구 문물을 받아들이며 근대화에 앞설 수 있었던 것은 도자기 수출로 축적된 자본이 밑거름이 되었다고 한다. 앞선 근대화가 조선 침략으로 이어진 걸 생각하면 역사의 아이러니가 아닐 수 없다.

2011년 〈조선왕조의궤〉가 일본에서 우리 곁으로 돌아왔다. 〈조선왕조실록〉을 반환받은 지 얼마 되지 않아 소식을 들어 더욱 반가웠다. 일본 내 박물관 등지에 국보로 대접받으며 모셔져 있는 우리의 도자기를 생각하면 가슴이 아프다. 조선 도공의 한이 서려 있는 그 도자기들이 제자리를 찾는 날은 언제쯤일까.

(2010. 12 한국경제)

와인 한잔

집에서 저녁 식사를 할 때 가끔 반주 한잔을 곁들인다. 스스로 애주가를 자처하며 대개는 맥주 한 캔 정도를 마셨지만, 몇 해 전부터는 와인으로 바꿨다. 뭔가 오묘한 세계가 있을 것 같은 와인에 가까이 가보고 싶던 차에 맥주를 권할 때는 호응하지 않던 아내가 와인 한잔에는 기꺼이 동참해주는 게 고마워 그 쪽으로 굳어졌다.

먹을 것이 부족한 어린 시절을 겪었기 때문인지, 식사 중에는 말을 하지 말아야 한다고 교육을 받으며 자라서인지, 어느 자리에서나 밥 먹는 속도가 남보다 빠른 편이었다. 건강에 해롭다는 걸 잘 알지만 오래된 습성이라 좀처럼 고칠 수 없었다. 그런데 그런 조급함에서 벗어나 여유를 찾도록 도와준 것이 와인 한잔이었다. 아내와 둘이 하는 저녁 식사 자리에서 때론 서로 잔도 부딪치며 이런저런 이야기를 하다 보면 식사 자리가 한 시간을 넘기는 날도 있다.

밖에서도 와인을 마셔보고 싶긴 하지만 업무상 자리나 친구들 모임에 빠짐없이 등장하는 소주를

대신하기는 쉽지 않다. 소주가 가진 나름의 매력
때문이다. 상사와 부하 사이의 벽, 노측과 사측의 단절을
단숨에 허물어버리게 만드는 게 소주 한잔 아닌가.
더구나 값이 싸서 부담이 없다는 장점까지 있다.

그런데 소주를 마시다 보면 원래의 식사 습관대로
여유를 잃고 조급해지는 것 같아 안타깝기도 하다.
안주로 고기라도 굽게 되면 술 마시고 음식 먹는 속도가
절로 빨라진다. 그런 분위기에 휩쓸려 차분하게 상대의
말을 들어주기보다 하고 싶은 말 쏟아놓기에 바빠져
후회한 적도 많다.

반면 와인은 여유로움과 더불어 적당한 강도의
긴장감도 준다. 키가 큰 와인 잔 앞에서 몸 동작이
흐트러지면 자칫 실수를 할 수도 있으니 취기가
오를수록 조심하게 된다. 분위기가 계속 고조되기만
하면 대화의 톤과 맥이 끝까지 유지되기 어려울 수
있는데, 긴장과 여유의 균형을 잘 잡아주니 목이 긴
유리잔이 고마울 따름이다.

또 한 잔 두 잔 와인을 마시다 보면 뜻밖의

새로운 세계를 만날 수도 있다. 마니아들이나 따지는 테루아르Terroir까지는 아니더라도, 와인 한 병이 생산되기까지 농부가 흘린 땀방울이나 품질 개선에 쏟는 와이너리의 열정, 그리고 척박한 땅에 깊이 뿌리내려 땅의 기운을 빨아들이는 포도 이야기 등 모든 것이 화제가 될 수 있다. 와이너리 부근을 여행한 경험담이나 라벨의 디자인 이야기로 대화가 흐를 수도 있다. 한 톨의 쌀알에서 우주를 본다고 했던가. 술 한잔에서 시작된 이야기로 만남과 대화가 풍성해진다.

　와인에 대해 막연한 거리감을 가지고 있는 분이나 기회가 없어 와인의 매력을 느껴보지 못한 분도 많을 것이다. 그런 분들에게 가족이 모이는 자리에서 와인을 한번 활용해보라 권하고 싶다. 아버지가 먼저 "대화 좀 하자"라고 해봐야 가까이 오지 않을 머리 굵어진 자녀들, 어느새 멀어져 제 삶에 바쁜 아이들도 "와인 한잔 어때?"라고 하면 쉽사리 다가오곤 한다.

(2010. 11 한국경제)

나이를 훈장처럼 가슴에 달면

'나이를 먹으면 그동안 보지도 듣지도 못한 새로운 것들을 보고 듣게 될까?' 가끔 이런 생각을 한 적이 있다.

"남들이 보는 것을 나는 보지 못하네/ 남들이 듣는 것을 나는 듣지 못하네/ 그러나 남들이 볼 수 없는 것을 나는 보았네/ 남들이 들을 수 없는 것을 나는 들었네."

열 살 남짓한 어린이가 읊은 이 자작自作 시가 한동안 내 가슴을 때렸다. 어느 날 TV의 한 장애인 장기 자랑 프로그램에서 이 시를 읊는 아이를 보게 되었다. 지적장애 때문인지 온몸을 뒤틀며 한마디씩 뱉는 걸 듣는 순간 숨이 막힐 듯했다. 그때의 감동을 떠올리며 그 시를 수없이 되뇌었다.

세월이 흘러 나도 이제 나이를 웬만큼 먹게 됐다. 그런데 언젠가부터 새롭게 눈뜨는 것보다 잃어가는 것들이 마음에 걸리기 시작했다. 하루를 시작하는 새벽 산책길이 달라졌다. 어둠 속에서 앞서가는 사람의 발걸음을 따라잡기 힘든 때가 부쩍 늘어났다.
앞서가는 사람을 추월하는 재미를 즐기던 게 엊그제
같고 지리산·설악산 구석구석을 수십 회 오르내렸건만,
지난 시절 기억을 떠올릴수록 마음 한편에서 서글픔이
솟아났다. 몸이 마음을 따라가지 못하는 경우가 이미
한두 번이 아닌데, 이런 경험은 앞으로 더 늘어날
일만 남았으리라. 몇 배 더한 서글픔이 밀려오면 어찌
감당해야 할까. 마음의 변화에 놀랄 때마다 나 혼자만
그런 게 아닐 거라고 자위해본다.

자주 평정심平靜心을 잃게 되는 것도 서글픈 일이다.
가까운 사람에게 괜히 섭섭해하거나 주변을 배려하는
데 인색해진 게 그런 경우다. 그런 변화의 근원을
찾기가 쉽지 않지만 소외감을 주범으로 꼽고 싶다. 또래
친구들이 모인 식사 자리에서 안타깝게도 화제가 한
가닥으로 모이지 않고 몇 갈래로 쪼개지는 것 역시 그런
조짐을 보여주는 것이다. 각자 하고 싶은 말 하는 데
열중하기 때문이리라. 옆 사람 말을 듣는 데 인색해지면
소통에 벽이 생길 게 뻔하다. 그렇게 한 겹 두 겹 벽을

쌓으면 세월이 흐를수록, 나이가 먹을수록 소외감의 늪으로 한 걸음씩 더 들어갈 수밖에 없다.

솟아나는 서글픔을 속으로 삼키면서 먹는 나이지만 한 살씩 더해질 때마다 나름대로 얻는 것도 생긴다. 긴 겨울이 끝날 무렵 봄을 기다리는 설렘은 무엇과도 견줄 수 없는 삶의 활력소 아닌가. 하지만 그 길목에 꽃샘추위와 함께 불어대는 바람만은 야속했다. 그런데 나무가 겨울잠에서 깨어나려면 바람이 흔들어줘야 한단다. 바람이 없으면 땅속 물기를 나뭇가지 끄트머리까지 빨아올릴 수 없다니 얼마나 고마운 바람인가.

자연을 대하는 생각도 바뀌었다. 풀 한 포기도 달리 보였다. 산행 길에서 가파른 바위 틈새로 힘겹게 뿌리내린 채 뻗어 올라 백 년 넘게 버텨온 소나무와 마주칠 때마다 숙연한 마음으로 쓰다듬었다. 언젠가부터 늠름하게 뻗은 나무보다 발길에 치여 죽은 나무가 새롭게 눈에 들어왔다. 앙상한 밑동만 남아 등산객의 오르내리는 발걸음을 온몸으로 지탱하는 죽은 나무. 살아서 눈길도 받지 못했을망정 죽어서 제 몫의 몇 배를 다하는 잡목의 헌신 앞에서 숙연해졌다.

우쭐해하는 마음을 내려놓게 된 것도 나이 먹은 덕인가 싶다. 오래 전 추운 겨울 지하철 입구 인도 바닥에 엎드려 찬송가를 틀어놓고 구걸하는 지체장애인과 마주쳤던 어느 날, 첫눈에 들어온 그의 몰골은 고달픔 자체였다. 두 다리가 없어 엎드려 길을 쓸 듯이 기어 다녔으니, 바닥의 냉기가 온몸에 파고들었으리라.

사무실에 도착한 후 일을 시작하고 나서도 그의 모습이 떠오르면 심란해졌다. 행인들이 던져주는 동전 몇 닢으로 연명하는 삶…. 모진 것이 사람 목숨이라 끊지도 못 하고 어쩔 수 없이 살아가는 것 아닐까. 이 넓은 세상에서 그가 누리는 공간은 얼마나 될까.

출근길이 바뀌고 그를 잊은 채 몇 해가 흘렀다. 그러던 어느 날 정신이 번쩍 들며, 그가 이어가는 삶이 그 누구보다 치열할지도 모른다는 생각이 들었다. 멀쩡한 몸과 허우대를 가지고 태어난 내가 꾸려온 삶과 그의 삶을 무슨 잣대로 비교한단 말인가. 뭇사람의 시선을 받으며 차가운 길바닥에 몇 시간이라도 누워 있을 자신이 없는 내가, 과연 그를 동정할 자격이 있단 말인가. 그가 겪고 있는 시련에 훨씬 못 미치는 시련 앞에서 나는 좌절하지 않았던가. 생각이 거기까지 미치자 갑자기 자신이 초라해지고 그를 동정한 것이 부끄러워졌다.

해 바뀌면 먹어야 하는 나이를 훈장처럼 가슴에 달 수는 없을까. 나이 한 살 먹을 때마다 타인의 치열한 삶에서, 이름 없는 잡목의 헌신에서 뭔가 깨닫는 그런 혜안慧眼을 하나씩 더 보태게 된다면, 나이가 훈장이 될 수도 있을 것 같다. 그렇게 훈장을 달게 되면 밀려오는 서글픔도 얼마든지 물리칠 수 있을 것 같다.

(2020. 3 중앙일보)

2

일

성공한 변호사

히말라야 트레킹을 간 적이 있다. 후배 변호사 몇
명과 함께였다. 산행길에 들기 전 히말라야 인근의
포카라에서 가진 회식 자리에서 누군가 "어떤 사람이
성공한 변호사인가"라는 화제를 꺼냈다. 변호사 활동
7년 차에 처음으로 맞닥뜨린 묵직한 질문이었다. 다들
한마디씩 했지만 결론은 승소율이 높거나 돈을 많이 번
사람으로 모아졌다. 나는 번 돈을 잘 써서 아내의 행복
지수 급상승을 안겨준 사람일 거라고 얼버무렸다. 농담
같은 그 대화가 단초가 되어, 안나푸르나봉¾ 자락을
며칠 오르내리는 동안 '성공한 변호사'라는 화두에
틈틈이 매달렸다.

2007년 변호사로 나설 때는 누구에게 어떤 도움을
줄 수 있을지 설레기도 했지만, 막연한 불안감에 밤잠을
설치기도 했다. 소속 로펌으로 출근하고도 한동안은
기다림이 길었다. 멋진 연기를 꿈꾸며 캐스팅을
기다리는 연기자 신세 같았다. 마침내 의뢰인과 대면이
이루어졌지만 일을 맡으려면 또 다른 관문이 버티고
있었다. 바로 보수 약정이었다.

약정은 할 때마다 어색하고 부담스러웠다. 쉽게 끝나기도 했지만 며칠씩 밀고 당기기도 했다. 사안이 다양하거니와 의뢰인의 부담 능력도 천차만별 아닌가. 적정선 찾기가 여간 헷갈리지 않았다. 높여 부르면 의뢰인이 박차고 나갈 것 같았고, 낮춰 부르자니 함께 뛰는 다른 변호사들 눈치가 보였다.

약정의 관문을 어렵게 통과해 일이 시작되면, 무엇보다 좋은 결과를 낼 수 있도록 가동 인력을 총동원하는 게 최우선이다. 의뢰인의 만족도가 결과에 좌우되는 건 어쩔 수 없다. 수사 단계에선 무혐의를, 재판에선 무죄를 받아내야 한다. 입증을 공격적으로 할지, 법리를 파고들지에 따라 팀 구성을 달리하며, 전관 변호사도 적절히 투입한다. 이 경우 언론에 등장하는 전관 예우 시비를 신경 쓰지 않을 수 없는 만큼, 전화 한 통으로 묶인 사람 풀어내라는 식의 의뢰인은 애초부터 사절해야 한다. "전관 시절의 경험 활용으로 공적 영역에서 얻은 것이 사적 이득 수단이 돼도 좋은가"라는 비판도 일리가 있지만, 유능한 변호사가 유능한 판검사를 키워낼 수 있지 않은가. 허점을 파고드는 공격에 시달릴수록 수사나 재판이 한 단계 더 성숙할 수 있으니 말이다.

최선을 다하고도 실패하는 일도 있다. 하지만 승소만큼이나 의뢰인이 기대하고 바라는 것은 좋은 결과를 얻겠다고 힘들게 뛰는 과정을 쭉 지켜보며 '맡긴 일을 자기 일처럼 열심히 하고 있구나'라는 신뢰 아닐까. 그것은 의뢰인의 고충에 100퍼센트 공감하지 않고서는 불가능할 테고, 그렇게 공감하려면 의뢰인의 말을 경청傾聽하는 자세가 중요하다. 불가피하게 여러 사건을 동시에 맡아 진행하는 상황이라면 하나하나에 똑같이 몰입하고 있는지 끊임없이 살펴야 한다.

변호사가 된 지 몇 달이 지났을 무렵이었다. 수개월 걸린 공방 끝에 다가온 선고일에 의뢰인 혼자 법정으로 나가도록 내버려둔 일이 벌어졌다. 뒤늦게 알게 된 나는 깜짝 놀랐다. 수많은 회의를 통해 의뢰인에게 법률 지식이나 법 절차 대응 능력을 채워주는 것으로 변호사의 역할이 끝났단 말인가. 징역형이 선고되면서 법정 구속되는 일이 가끔 생기는 판에 어찌 의뢰인 혼자 극도의 긴장감을 감당하라는 말인가. 판사가 선고하는 결론을 그냥 듣기만 할 뿐, 변호사가 할 역할이 없다는 건 말이 안 된다고 본다. 좋은 결과가 나오면 의뢰인과 힘껏 포옹이라도 하고, 반대의 경우 진심 어린 위로를 해줘야 할 것 아닌가. 그런 공감으로 차원 높은 감동을 만들어내는 것이야말로 성공한 변호사가 되는 길 아닐까 싶다.

(2019. 6 중앙일보)

판사와 검사

판사와 검사는 형사 사법을 이끌어가는 양대 축이다. 같은 양성 과정을 거치고 같은 자격 요건을 갖췄다. 각자 다른 길을 선택했을 뿐이다. 맡은 역할은 다르지만 범법자를 형벌로 단죄하는 것을 공동 목표로 삼는다. 서로 대립하며 싸우지만 소추訴追의 당사자와 객관적 심판자라는 대립 구도를 벗어나서는 안 된다.

이들은 대립 구도를 유지하면서도 상호 의존적 관계에 있다. 오래전 검찰이 사법부에 부속되어 있던 시절에는 검사의 존재감이 지금보다 미약했다. 검찰이 독립기관으로 떨어져 나온 이후 산업화가 진전되고 범죄 양상이 복잡해짐에 따라 검사의 활동 영역이 넓어졌지만 판사가 할 일을 도와주는 역할에는 변함이 없었다. 소추권을 쥐고 관문을 지키며 본격적인 심리 절차에 넘길 사안이 아닌 사건을 검사가 걸러주기 때문에 판사의 선택과 집중이 가능해진다. 검사 역시 판사에게 의존한다. 수사를 아무리 잘해도 판사가 형을 제대로 내려주지 않으면 칼을 뽑은 검사의 노력이 모두 헛수고가 되기 때문이다.

비록 상호 의존적 관계에 있지만, 판사가 우위에 서는 것은 어쩔 수 없다. 판사는 마지막 공판 단계에서 결론을 내리고 매듭짓는 역할을 한다. 검사에게는 '깐깐한 시어머니' 노릇도 해야 한다. 검사가 수사 과정에서 휘두르는 칼날이 워낙 위력적이기 때문이다. 엄격하게 통제를 하며 수사 과정의 잘못을 들춰내기도 하고, 때로는 검사 수십 명이 며칠째 밤새워 쌓은 공든 탑을 통째로 허물어버리기도 한다. 구금이나 압수 수색에 필요한 영장을 기각하기도 하고, 수사 과정의 적정 절차due process of law 위반 여부를 공판 단계에서 가혹하게 검증하기도 한다. '진술 거부권 고지가 없었다', '변호인 접견에 제약이 있었다', '위법한 수단으로 수집된 증거다' 등의 이유로 증거 능력을 부정하고 무죄를 선고해버리는 것도 그와 같은 연장선에서 이뤄지는 실례다. 엄한 시어머니 밑에서 속이 썩을수록 검사는 더 치밀해지고 단단해질 수밖에 없다.

판사의 우위에 눌려 지낼 것 같은 검사에게도

숨통이 트이는 부분은 있다. 그게 없다면 누가 검사의 길을 택하겠는가. 정제된 진실이 아닌 생생한 진실에 좀 더 가까이 갈 수 있는 것은 검사의 특권이다. 사건 발생 이후 많은 시간이 지나 법대法臺 위에서 접하는 진실은 신선도가 떨어질 수밖에 없다. 조사 도중 짜장면을 함께 먹으며 범죄자의 인생 역정을 듣고 눈물을 닦아주는 것도 검사만이 가능하다.

소송법이 판사와 검사 간의 평형추를 잡아주기도 한다. 판사는 기소된 범위 내에서만 심판할 수 있다는 불고불리不告不理의 원칙이 바로 그것이다. 아무리 칼질을 하고 싶더라도 검사가 차린 밥상을 벗어날 수 없다는 점은 판사로서는 치명적인 제약이다. 그래서 형사 사법을 실질적으로 주도하는 사람은 검사라고 보는 시각도 있다.

얼마 전 이들 사이에 건전한 긴장 관계가 흔들리고 사법사상 유례없는 갈등이 고조되는 일이 일어났다. 이른바 '사법 농단 수사'라는 이름 아래 전직 대법원장을 비롯해 수십 명의 전·현직 판사가 검사 앞에 불려가 조사를 받은 것이다. 수사에 나선 검사도 여간 부담스럽지 않았을 테고, 수사를 받는 판사도 나름대로 불만이 많았을 것이다. 앙금이 남고 상흔이 오래갈까 봐 걱정된다. 특히 재판 거래 의혹을 들춰낸다는 명분이 자칫 재판의 독립을 훼손하는 것은 아니었을까 걱정된다. 재판의 독립은 너무나 소중한 헌법적 가치 아닌가.

판사의 권위가 바로 서고, 그리하여 판사는 판사의 길을, 검사는 검사의 길을 당당히 걸어갔으면 좋겠다. 이들이 적당한 긴장 속에서 서로 대립하며 각자의 길을 가되, 서로 존중하고 때로는 지켜줬으면 좋겠다. 우리의 형사 사법을 이들이 함께 끌어가야 하니까 말이다.

(2019. 1 중앙일보)

조서도 감동적일 수 있다

"오늘도 어김없이 컴퓨터 자판을 두드리며 두 번째 저서를 준비하고 있다. 지난 10여 년 동안 이런 새벽 시간을 허투루 보내지 않고 땀을 흘리지 않으면 아무것도 이루지 못한다는 각오로 글을 써왔다."

모 일간지의 '독자 에세이' 난에 실린 글의 일부다. 이 글을 쓴 필자는 어린 시절 가난 때문에 중학교 진학을 포기하고 구두닦이, 신문팔이, 공사판 막일 등으로 생계를 이어온 60대 나이의 빌딩 경비원이다. 결혼 후 자녀들을 데리고 도서관을 드나들며 책과 신문을 읽은 게 오늘의 그를 만들었다고 한다.

그는 "책을 보면 독자지만 책을 내면 작가가 된다"라는 글귀에 꽂혀 글쓰기를 시작했고, 재미가 붙어 일간지나 자치단체 소식지 등에 수시로 기고를 해왔다. 좁은 공간에서 추위와 졸음을 쫓으며 했던 글쓰기는 그에게 어떤 의미가 있었을까. 현실의 고달픔을 잊는 도피 수단이 된 적도 있겠지만, 내면內面 깊숙이 침잠沈潛하는 시간이 되지 않았을까. 글쓰기가 다져준 자존감 덕분에 그는 당당하게 세상과 소통할 수 있었으리라.

　글로 소통하려면 공감을 얻어야 한다. 그러자면 글에 진정성이 담겨야 한다. 가면을 벗고 알몸을 드러낼 만큼 솔직하고 당당해지지 않으면 읽는 이의 공감을 끌어낼 수 없다. 다양한 경험이 담긴 글감을 동원하면 진정성을 좀 더 쉽게 부각할 수 있다. 경비원의 글이 두루 공감을 얻은 건, 아마도 그의 파란만장한 인생 역정이라는 글감에 진정성을 담아냈기 때문이리라.

　공감은커녕 당혹감을 느끼는 글을 접할 때도 있다. 현안懸案 문제에 너도나도 목소리를 높이는 요즈음, 휴대폰 대화방 글 중에서 그런 경우를 접할 때가 종종 있다. 이념적으로 편향된 진영 논리가 두드러지게 드러난 글은 읽기가 거북하다. 소통 창구에 빗장을 걸 수 없으니 그런 글에 속수무책이 될 수밖에 없다. 그러다 보니 일간지 기명記名 칼럼처럼 글쓰기 에티켓이 검증된 글에 더 애착이 간다. 균형 잡힌 시각의 글에 공감하다 보면 '편 가르기'를 부추기는 글은 점점 더 멀리하게 된다.

공감 지수 높은 글을 읽다가 나의 글이 부끄러워진 적이 많다. 언젠가 신문에서 참회의 심경을 털어놓는 인터뷰 기사를 읽다가 비슷한 포맷의 글을 수없이 썼던 검사 시절이 떠올랐다. 신문訊問 조서調書가 그런 글이다. 검사가 던지는 질문에 신문받는 이가 답하는 말을 요약해서 기재하는 조서는, 상투적인 문구와 무미건조한 어휘로 채워지는 공소장이나 판결문과는 확연히 구별된다. 신문을 할 때면 혐의를 부인하며 어떻게 둘러댈지 고심하는 신문 대상자와 팽팽한 '밀당' 같은 두뇌 게임을 펼치기도 한다. 하지만 범행 동기나 범행 전후 심경 변화 등 내면 의식에서 우러나온 이야기들을 털어놓을 경우 이것은 글감으로는 광맥鑛脈 같은 거다. 리얼리티를 잘 살린 조서는, 법정 진술보다 높은 증거 가치를 인정받을 때도 있다. 엄격하고 까다로운 재판장으로부터 공감을 끌어내는 데 큰 힘을 발휘하기도 한다. 그런데 업무 과중을 핑계로 조서에 리얼리티를 살려주지 못한 적이 많았던 것 같아 부끄럽다. 회개의 눈물을 쏟으며 털어놓는 이야기를 잘 실어 형刑이 감경되는 데에 좀 더 도움이 되었으면 좋았을 텐데, 하는 아쉬움이 남는다.

공감을 받으려면 간결 명료하고 논리적인 글로는 부족할 것 같다. 승복承服을 넘어서 마음을 움직이려면 우선 읽기 쉬운 글이어야 할 것 같다. 산뜻하고 밸런스가 좋은 와인 한 모금 같은 향기로운 글이라면 더 좋지 않을까. 그런 글이 널리 퍼져 그 울림이나 여운에 공감하는 사람이 많아지면, 과도한 '편 가르기'에서도 사람들이 조금씩 벗어나지 않을까.

(2019. 10 중앙일보)

이름을 거는 것과 이름을 떨치는 것

"사실대로 그리고 법리대로 하자는 것입니다. 제가 두려워하는 것은 검찰의 공명심과 승부욕입니다. 사실을 만드는 일은 없어야 합니다." 전직 대통령이 수사를 받으며 자신의 심경을 이렇게 토로했다고 한다. 수사에 대한 불신을 드러내며, 없는 사실도 만들어내는 공명심을 두려워했다.

전직 대통령 비리 수사 같은 큰 장場이 서 국민의 시선이 집중되면, 수사에 참여하는 검사는 칼날 위에 선 처지가 된다. 일거수일투족에 꼬투리가 잡힐 수 있다. 우선 경계해야 할 게 공명심이다. 공을 세워 인정받고 이름을 떨치려는 마음이 꿈틀댈 테니까. 그동안 공명심이 사람의 균형 감각을 마비시키는 경우를 많이 봤지만 그게 수사에 끼어들면 얘기가 달라진다. 누군가의 숨통을 죄는 두려움이 될 수도 있다.

수사에서 없는 사실을 만들어낸다는 말이 왜 나올까? 묻혀 있거나 누군가가 숨기려는 사실을 밝혀낸 다음 범죄 구성 요건이 되는지 따지는 일이 수사라면, 사실을 만들어내는 건 없는 죄를 만들어내는 거다.

수사가 진행되는 과정을 뜯어보면, 법 적용을 어떻게
할지 따지는 일보다 그 전제가 되는 사실관계를
밝혀내는 일이 몇 배 더 힘들다. 사실관계를 밝히는
신문訊問은 물론 수집된 증거의 가치 판단 등을 할 때는
건전한 상식이나 경험에 의존한다. 그 지점에서 검사의
판단력, 추리력 등과 함께 일생의 경험이 총동원된다.
그 모든 게 녹아있는 신문 조서에 서명하는 것은 진실을
담보한다는 의미다. 그럼에도 불구하고 없는 사실을
만들어내는 검사가 있다는 기막힌 주장에 꼬리를
내려야 할 때가 있다. 공판 단계에서 맥없이 허물어지는
사실관계를 확인할 때다. 그런 공소사실에는 어김없이
추론의 억지나 증거 가치 판단의 의도적인 왜곡이
바탕에 깔려 있다.

　하지만 없는 사실을 만들어내려는 의도가 없는
데도 그런 의심을 받는 경우도 있다. 그건 검사의
능력 부족에서 나온다. 범죄를 둘러싼 실체적 진실의
전모를 미리 손에 넣고 신문에 나설 수 없는 만큼, 주변
정황 증거들을 종합해 추론한 대로 신문할 수밖에

없다. 그때 질문이 적확的確한지 검증하는 건 직접

사실을 경험한 피의자 쪽이다. 비약이나 허점이 있는

질문이 거듭된다는 판정이 내려지면 그걸 토대로 한

공소사실이나 법 적용이 신뢰를 받겠는가. 뭔가 짜놓은

틀에 맞춰 죄를 만들려 한다고 의심받게 된다.

　공명심이 공직자에게 당근이 될 때도 있다.

그것마저 없다면 무사안일無事安逸에 빠지는 게

현실이다. 그런데 놀랍게도 공직자에게 공명심을

노골적으로 부추기는 분야가 있으니, 바로 정치권이다.

인재 영입 때 이들이 따지는 게 인지도이기 때문이다.

지난여름 퇴직한 검찰 중간 간부 상당수가 정치권의

러브 콜을 받을 거라고 한다. 이름이 얼마나 알려졌느냐

하는 인지도 점수에는 이목耳目이 집중된 사건의 수사

경력이 결정적 도움이 될 것 같다. 애초부터 정치권

진출을 마음먹고 무리를 해서라도 이름을 떨치려는

검사가 나오지 않을까 걱정스럽다.

　수사의 속성상 꼬투리를 잡히지 않고 결과에 승복을

받아내기는 결코 쉽지 않다. 최선을 다하는 것밖에 달리

길이 없다는 걸 아는 검사라면, 수사에 이름을 걸어야 한다. 이름을 건다는 건, 명예는 물론 과거와 미래의 삶까지 모두 거는 거다. 이름을 떨치겠다는 공명심에 빠져서는 악명惡名을 남기게 될지도 모른다. 이름을 걸고 진지함과 치열함으로 승부하면 언젠가 평가받을 날이 온다. 그러면 이름이 남게 된다.

(2019. 10 중앙일보)

나는 이로운 인연이었을까

라디오로 음악을 자주 듣는다. 음악 사이에 나오는 청취자의 사연을 들으며 덩달아 마음이 짠해지기도 하고, 가슴이 뭉클해지기도 한다. 사연에 빠져들다 보면 어느새 얼굴도 모르는 사람과 서로 감동을 나누게 된다. 위로받고 힘을 얻을 때도 있다. 이체로운 인연因緣을 맺은 것이다.

삶은 인연 맺기의 연속이다. 그중에는 이로움을 주고받은 인연도 많지만 그런 인연도 결국 세월이 흐르면 멀어지곤 한다. 20대에 검사가 돼 29년을 보냈으니 수없이 많은 인연이 만들어졌으리라. 이제는 그 많은 인연의 기억이 대부분 희미해졌지만 노태우 전 대통령과의 인연은 그렇지 않다. 세월이 흐른 지금까지도 또렷한 것은 대통령이 수사를 받거나 추징금을 못 내 집이 공매되는 일이 계속 이어졌기 때문일까.

노 전 대통령과 첫 대면을 한 것은 1995년 11월 대검 중수부 특별조사실에서였다. 2년 반 전까지만 해도 대통령 자리에 앉아 있던 사람이 조사를 받으러

온 것이다. 피의자 자리에 앉았지만 경력 18년차 검사에게도 만만한 상대가 아니었다. 사람의 무게 못지않게 범죄 혐의도 무거웠다. 5000억 원이라는 비자금 규모도 엄청났고, 돈을 건넨 30대 재벌 총수들까지 모두 불러 조사해야 하는 상황이었다. 죄상을 낱낱이 파헤치라는 험악한 여론의 분위기도 수사팀의 목을 조르는 것 같았다.

그런 중압감을 극복하려면 빈틈없는 법리 구성과 단단한 증거 확보에 승부를 걸 수밖에 없었다. 당시까지 전직 대통령은 검찰이 손댈 수 없는 성역이다 보니 세간에서는 조사하는 시늉만 하다가 돌려보낼 거라고 쑥덕거렸다. 그런 만큼 기선 제압이 중요했다. 14시간의 조사가 끝난 후 자정 무렵, 승용차 뒷좌석에 타면서 쓰러지던 모습이 방송 카메라에 포착될 정도로 강하게 밀어붙였다.

그 후 구속 직전의 2차 조사, 수감 이후의 구치소 출장 조사 등이 여러 번 이어졌다. 기소장에 서명하기까지 나는 줄곧 국격國格에 대해 고민했다.

'엄정하게 조사하되 적정선의 예우를 갖춘다.' '어떤
경우에도 망신 주기만은 피한다'라는 나름의 기준을
세웠다. 그것은 대면해 조사하는 사람이 지켜야 할
과제였다. 그런 입장은 연희동 사저 압수 수색 문제에
봉착했을 때 잠시 흔들릴 뻔했다. 다른 뇌물 사건과
달리 왜 주거지를 압수 수색하지 않느냐고 언론이
문제 제기를 하자, 그에 따르자는 쪽으로 내부 의견이
기울었다. 하지만 나는 반대 입장을 굽히지 않았다.
수색에서 혹시 고가의 패물이라도 나온다면 망신
주기가 될 수 있다는 이유에서였다. 결국 검찰총장이
나의 손을 들어줘 사저의 평온은 그대로 유지됐다.

기소 이후에는 계좌 추적에 박차를 가해, 비자금의
사용처 규명에 매진했다. 사돈과 친척, 그리고
기업인들에게 맡겨둔 돈과 함께 부동산 매입에 들어간
돈도 샅샅이 뒤졌다. 그 결과 추징금으로 거둘 수 있는
2600여억 원의 뇌물 금액 거의 대부분을 충당할 수 있는
재산을 묶어둘 수 있었고, 형刑의 사면 이후 추징금 집행
단계에서 우여곡절을 겪으면서도 연희동 사저는 온전할

수 있었다.

　검사 시절 범법을 단죄하며 맺은 인연을 모두
이롭게 했는지 묻는다면, 대답이 망설여진다. 응분의
죗값을 치르고 나서도 새로운 삶을 찾지 못하고, 더
깊은 나락으로 떨어진 사람도 있을 것 같다. 노 전
대통령에게는 사저의 평온이 지켜지고 그곳에서 여생을
마칠 수 있게 했으니 인연을 이롭게 했다고 말해도
될까.

(2019. 9 중앙일보)

경찰과 검사, 이제 협업하지 말라는 건가

경찰은 공권력의 상징이다. 공권력의 최일선에서 공동체를 위협하는 범죄와 목숨 걸고 싸운다. 그 과정에서는 노골적인 물리력의 행사나 강제 수단의 동원이 가능하다. 수사권이 있기 때문이다. 그런데 그 수사권은 잘못 쓰면 인권침해가 될 수 있다는 이유로 검사의 통제를 받도록 해두었다. 그런 만큼 애초부터 경찰에게 검사는 거북스러운 존재다.

검사의 통제하에 있더라도 경찰이 범죄 현장에서 수사를 개시하는 것을 막을 수는 없다. 수사는 그들의 권한이자 의무이기 때문이다. 수사 결과물이 기록의 형태로 검사에게 넘어가 경찰 의견대로 기소 또는 불기소되는 경우에는 검사와 마주칠 일이 없다. 이때 검사의 통제는 가능성으로 남아 있을 뿐이다. 경찰이 거북스러운 검사와 마주치는 것은 일부 사건에서다. 10% 미만이다. 그런 마주침의 창구가 바로 검사의 수사 지휘다. 영장 신청에 대해 보완하라고 돌려 보내는 경우가 그 실례다.

수사 지휘는 주로 검사의 의견이 전달되는 창구가

되지만, 경찰이 지휘 받기를 자청하는 경우도 있다. 꼭 영장을 받아내고 기소되게 하겠다고 벼르는 사건이라면 검사에게 매달리지 않을 수 없다. 수사 진행 경과 설명이나 법 적용에 관한 의견 조율의 창구로 수사 지휘를 활용하게 된다.

그럼에도 불구하고 왜 경찰은 수사권 조정 차원에서 수사 지휘를 없애려고 할까. 나름의 명분이 있겠지만, 검사의 지휘 행태에 대한 불만에서 싹이 텄을 것 같다. 미제未濟 처리에 쫓기며 습관적으로 내뱉는 거친 말투, 결정적 증거 확보의 실기失機에 대한 신경질적인 질책 등이 거부감을 줬을 수 있다. 검사에 대한 불신도 한몫했을 것 같다. 자신들도 수사를 거칠게 하다가 여론의 질타를 자주 받으면서 남을 감시하겠다고 하니 승복할 리 없다. 수사 지휘를 빙자해 사건을 부당하게 가로챈다는 피해 의식도 있는 것 같다.

지난날 수사 지휘를 통한 협업은 지금보다 원활했다. 수사 지휘 제도를 경찰이 대승적으로 수용했기에, 대면해 소통하는 경우가 자주 있었다. 어린이 유괴 살인 같은 중요 사건이 발생하면 검경 합동수사본부가 차려졌고, 검사실에 장기간 파견 나가 도와주기도 했다. 이때 검사가 일방적으로 지시하는 것 같은 겉모습과 달리, 경찰의 노련함과 뛰어난 현장 감각에 검사가 끌려간 경우도 있었다. 그런 소통은 2000년대에 들어와 거의 사라졌다. 수사권 조정 이슈가 불거져 팽팽한 신경전이 시작됐기 때문이다.

이제는 수사 지휘 제도가 없어졌으니 협업의 창구가 아예 막혀버리고 말았다. 지휘 행태와 방식의 개선으로 풀지 않고 지휘 자체를 없애버리는 극약 처방을 꼭 써야 하는 걸까. 지휘는 검사와 담당 경찰 사이에서 이루어지는 것임에도 불구하고, 지휘 제도를 없애 대등한 관계에 둬야 경찰이 검찰을 견제할 수 있다는 건 무슨 말인가. 수사 분야 베테랑 경찰에게 이것만은 꼭 물어보고 싶다. 그동안 검사 지휘를 방패 삼아 막아오던 경찰 내부 윗선의 입김을 앞으로 감당할 자신이 있느냐고.

(2019. 3 중앙일보)

검찰총장이 양복저고리를 흔들었다

양복저고리를 벗어 흔든 건 지난 5월 기자 간담회 자리에서다. 전임 검찰총장은 그 짧은 퍼포먼스에서 무엇이 양복을 흔드는지 잘 보라고 말했다. 수사권 조정 관련 '정부 합의안'에 반기反旗를 드는 걸 설명하는 자리였지만, 검찰이 권력에 휘둘린다고 꼬집는 기자에게 뭔가 항변하고 싶었던 것 같다. 권력에 휘둘려 정치 검찰의 오명汚名을 뒤집어쓴 책임을 검찰 혼자 질 수 없다고. 이를 두고 "권력에 일갈하는 기개"로 봐준 언론인도 있지만, 나는 그 몸짓에서 외로움을 읽었다.

정부가 추진하는 개혁에 거스르고 있으니 외롭지 않을 리 없다. 수사권 조정의 대세를 바꿀 수 없으면서도 이런저런 논리를 내세우다가 조직 이기주의로 찍히게 되는 처지가 노무현 정부 시절과 흡사하다. 2004년 대검 중앙수사부(중수부) 폐지 움직임에 반발해 당시 총장이 "중수부의 대선 자금 수사가 지탄을 받으면 내 목을 먼저 치겠다"라고 일갈하자, 다음 날 대통령은 총장의 임기는 개혁에 반발하라고 둔 게 아니라고 응수했다. 임명권자에게

등을 돌리는 결기로 개혁을 일시 멈추게 했던 건,
중수부의 수사가 국민의 지지를 받았기 때문이리라.

그런 결기도 없이 양복을 벗어 흔들다니, 좀
처연하지 않은가. 선뜻 수용하기 어려운 방향으로
수사권 조정의 대세가 굳어져 가는 걸 지켜보며
가슴앓이를 많이 했을 텐데, 이런 외로움의 몸짓밖에
보일 수 없었을까.

검찰총장의 외로움은 숙명이다. 그 자리에 오르는
순간 홀로 감당해야 한다. 변화의 압박이 거셀수록
외로움이 더 클 거다. 개혁의 강풍 앞에 지레 엎드리는
건 아닌지, 수사 외압에 맞설 의지가 있는지 전국
검사들의 눈길이 쏠릴 게 뻔하다. 권력 핵심부와의
신경전도 벌어질 것이다. 개혁 흐름에 맞서며 서로
긴장이 고조될수록 그쪽에선 '산 권력'에 칼을 들이댈까
봐 신경을 곤두세우지 않겠는가. 그러면서도 정치적
난국難局을 돌파하는 데 검찰 수사를 앞세우면
난감해질 것 같다.

검찰총장이 내부의 신망信望을 잃으면 더 외로워질

수 있다. 중수부 폐지 이후 대검의 직접 수사가 없어진
만큼, 중앙지검 등 일선 지검이 정치적으로 민감한
사건의 수사 주체가 될 수밖에 없다. 정치적 중립에
대한 총장의 의지가 확고해도 일선에서 방패막이가
돼달라고 손을 벌려야 역할이 생긴다. 총장을 믿지 못해
일선에서 외압을 끌어안고 꿍꿍댈 수도 있다. 그러다
각자도생各自圖生으로 간다면 이는 곧 폭망의 길이다.

　　정치권의 검찰 흔들기에 맞서는 것도 외롭긴
마찬가지다. 검찰에게 바로 서라고 입으로는
성원하면서도 뒤로는 흔드는 게 그들의 속성이다.
오래전부터 그래왔던 건, 반대 세력을 누르는 데엔
검찰을 앞세우는 것만큼 효과적인 게 없기 때문이다.
1995년 대검 중수부가 나섰던 노태우 전 대통령 비자금
수사 당시, 여당의 K 사무총장이 연일 기자 간담회를
하며, 자신의 가이드라인에 수사가 따라 오는 듯한 말을
쏟아냈다. 때로는 대통령과 교감한 것처럼 포장하기도
했다. 당시 수사가 전폭적 지지를 받지 못했다면 총장이
권력에 휘둘리는 걸로 오해받기에 십상이었다.

결국 모든 것은 국민의 신뢰에 달려 있다. 정권의 비위를 맞춘다고 의심하며 등 돌린 국민이 많으면 겹겹의 외로움이 더 무겁게 조여올 거다. 임명권자에게 등을 돌리는 건 피하고 싶겠지만, 총장은 때로는 그런 외로움까지 감당할 수 있어야 한다. 임기 동안 신뢰를 되찾지 못했으니, 작심하고 양복저고리를 흔들어도 그저 외롭게 보일 뿐이다.

(2019. 8 중앙일보)

수사와 기소의 분리로 일어날 검경 갈등

‘삼청교육’의 기억은 떠올리고 싶지도 않다. 1980년 집권한 군부가 비상계엄하에서 사회 정화를 명분으로 밀어붙인 사업이었는데, 주변에서 색출한 불량배를 군부대에 강제수용한 다음 일정 기간 신체 단련으로 인성을 개조해 사회로 복귀시키는 게 목적이었다.

　　정권 차원의 사업에 경찰과 검찰도 동원됐다. 대상자 중 죄질이 나쁜 일부를 추려 사법절차에 넘겼다. 경찰 보존 자료상의 관내 폭력 전과자나 폭력 우범자 위주로 뽑은 리스트를 놓고 경찰서 수사과장실에서 몇 차례 등급 심사가 열렸다. 군 정보기관 지역 담당자(소령)와 관할 검찰청 검사가 참여하는 합심제였지만, 대체로 리스트를 만든 경찰 의견대로 통과됐다. A급 판정자가 구금 상태로 검찰에 넘어왔다.

　　당시 나는 진주지청 말석 검사로서 그런 사건을 몇 달 동안 처리했다. 구속을 풀거나 증거 불충분으로 불기소하긴 불가능했기에, 기소에 필요한 증거가 허술한 사건을 맡으면 눈앞이 캄캄해졌다. 얼기설기 엮어 처리하면서 자괴감에 사표 던질까 고민도 많이

했다. 그처럼 경찰의 수사 주도에 힘이 실릴수록 검사의
기소권은 쪼그라든다는 걸 확인했다.

떠올리고 싶지 않은 기억이 되살아난 건, 머지않아
수사에 관한 경찰의 위상이 크게 달라질 것 같아서다.
'수사는 경찰, 기소는 검찰'로 분리되고, 수사한 사건을
경찰이 종결까지 할 수 있는 것으로 바뀐다. 2020년 2월
개정된 형사소송법과 수사 준칙 등이 시행되는 2021년
1월 현실화된다.

방대한 인력과 조직을 갖춘 경찰은 온갖 궂은일까지
맡게 되고 책임도 막중하다. 그런데 업무 중 일부인
범죄 수사에 관해서는 대부분의 수사를 사실상
주도하며 책임을 지는 데 비해 권한이 온전하지
못하다고 문제 제기를 해왔다. 검사의 간섭 때문에
자율성이 떨어지고, 구질구질한 일을 떠넘기는 검찰이
생색내기는 가로챈다는 등의 불만도 있었다. 그래서
앞으로는 수사 단계에서 검사의 지휘를 배제하고, 검사
우위의 구도를 상호 대등 관계로 바꿔 기소 대상이
아니라고 보는 사건은 '불송치'로 자체 종결한다는

것이다.

　이런 변화를 검찰이 반길 리 없다. 검사가 직접 수사에 나서는 특수부와 달리, 경찰이 수사해 송치한 사건을 처리하는 형사부에서 더 그럴 것 같다. 그동안 사건이 송치된 후에 증거를 보완하라고 지휘해도 먹혀들지 않았는데, 이제 수사 지휘를 받지 않을뿐더러 종결권까지 거머쥐게 되었으니 경찰이 어떻게 나올지 뻔하는 생각이 들 것이다. 경찰이 퍼 넘긴 사건 뒤치다꺼리해 법원에 넘기는 '지게꾼'이라는 신세 타령이 검사 입에서 나오게 생겼다.

　경찰이 개시한 수사가 형벌로 끝맺음하려면 기소라는 관문을 통과해야 한다. 수사가 종결 단계에 이르러 기소라는 결실을 맺는 과정에서, 검사더러 기소 대상인지 아닌지는 누군가 판별해줄 테니 공소사실 정리와 적용 법조 적시 같은 일만 하라는 건 말이 안 된다. 기소 대상이 되는지 안 되는지를 증거를 따져 판별하는 일이 기소권의 핵심이라 할 수 있을 테니까. 반면에 수사를 이끌어온 경찰 입장에선 그건 수사 종결권의 영역이라고 우길 게 뻔하다. 분리하기 까다로운 두 기능을 분리해 맡긴다면, 서로 의견이 달라 갈등이 생기는 상황을 피할 수 없다.

한편 수사 종결권을 경찰에게 줌으로써 검사와 대등 관계로 만들겠다는 구상도 현실성에 의문이 든다. 소속 부처가 다른 경찰은 본래 검찰과 대등한 기관이다. 다만 범죄 수사에 국한해서 그동안 검사를 기능상 우위에 뒀을 뿐이다. 그러다 보니 경찰이 진행한 수사를 종결하며 결론을 내리는 검사의 역할이 기소권 행사로 마찰 없이 연결될 수 있었다. 이제 검사의 우위를 인정하지 않으려 할 경찰이 검사와 엇박자를 내며 기싸움을 벌이면 수습이 쉽게 되겠는가.

그런 점이 고려됐는지 관련 법령은 경찰의 종결권은 일차적인 것이고, 사후에 검사가 사법 통제 형식으로 개입할 수 있도록 길을 터놓았다. 고소·고발 또는 피해자의 이의 제기가 있는 경우는 물론이고, 직권으로도 개입해 불송치 사건의 결론을 뒤집을 수 있다. 하지만 그런 방식의 구제가 실효성이 있을지는 두고 볼 일이다. 권력을 등에 업거나 경찰이 내린 결론을 원용하려는 세력에 영합하면, 검사의 뒤늦은 개입이 맥을 쓸 수 없다.

아무래도 수사와 기소의 분리는 검경 간 '담쌓기'로 흘러갈 것 같다. 역할 분담으로 공동의 목표인 형벌권 실현에 충실하라는 것이지 등을 돌리라는 게 아니다. 협업이 필요할 땐 협업해야 한다. 20년 가까이 수사권 조정 줄다리기로 잃어버린 협업 정신을 되살리지 못하고 갈등만 키운다면, 그런 제도 도입을 개혁이라 할 수 있을까.

(2020. 11 중앙일보)

압수수색 남용 시비

압수수색은 법이 허용하는 강제처분이다. 신체 구속과 달리 집행이 까다로워 남용 시비가 빈번하다. 검찰 수사가 진행 중인 '울산시장 선거 개입 의혹' 사건에서도 경찰의 압수수색 시점時點이 문제였다. 울산시장 비서실에 대해 압수수색한 것이 2018년 3월이었는데, 같은 해 6월의 지방선거를 코앞에 뒀을 뿐 아니라 공교롭게도 울산시장이 야당 후보로 공천받는다는 발표 당일이었다. 수사가 시급해 그랬을지도 모르겠지만, 당하는 쪽에서야 낙선落選의 결정타가 된 그 수색의 시점을 수긍하겠는가.

"여성만 두 분 있는 집에서 많은 남성이 11시간 동안 뒤지고 식사를 배달해 먹고 하는 것은 아무리 봐도 과도했다." 조국 전 법무부장관 자택 압수수색에 대한 국무총리의 지적이다. 이 경우엔 집행 시간이 길어진 게 문제라는 거다. 대상이 현직 법무부장관 자택이라 현장에 나간 검사나 수사관은 나름대로 살얼음판 위를 걷듯 했을 텐데도 시비가 생긴 거다. 현장 참여 변호인이 영장 적시 수색 범위를 벗어났다고

이의를 제기하는 바람에 추가 영장을 받느라고 시간이
걸렸다는 경위 설명은 묻혀버리고, 오랜 시간 시달리며
고통을 받았다고 주장하는 목소리만 부각되었다.

특히 가택수색에서 남용 시비가 자주 생긴다.
주거의 평온이 깨지고 혐의자와 가족의 프라이버시까지
노출되기 때문이다. 현장에서는 예외 없이 신경전이
벌어지지만, 결국 집행하는 쪽 의도대로 진행되기
마련이다. 비밀 장부나 메모 철 등을 숨겨뒀다는
확실한 제보를 받고 나간 경우라도 선뜻 내놓지 않으면
힘으로 밀어붙일 수밖에 없다. 장롱, 쌀통, 베갯속
등을 뒤지는 건 예사고, 심지어 쇠꼬챙이로 천장까지
찔러볼 때도 있다. 한바탕 소동 끝에 혐의자가 꼼짝
못할 뭔가가 나오면 뒷말이 나오지 않지만, 그렇지 않은
경우 남용 시비에 휘말린다. 예금통장 하나 건지려고
이른 아침부터 어린 자녀가 지켜보는 가운데 집 안을
쑥대밭으로 만드느냐고 할 수 있다. 없는 게 아니라
숨겨둔 걸 찾아내지 못한 경우라도 덤터기는 집행하는
쪽이 쓴다.

남용의 한계 자체가 애매해 시비가 불가피한 측면이 있다. 타인의 권리 침해를 전제로 하는 압수수색의 속성상, 수사의 편의나 효율을 앞세우는 무기가 될 수밖에 없다. 범죄의 흔적을 지우거나 증거물을 은닉할 충분한 시간이 주어진 상황에서 뒤쫓아간다는 열세劣勢 때문에 강제력이 강화되기도 한다. 영장 발부 단계에서 법관이 통제를 하지만 압수수색의 속성을 무시할 수는 없다는 한계가 있다. 그래서 소재가 불명한 대상물을 찾아야 하는 경우라면 범위를 넓게 잡아주고, 선의의 제3자에게 생기는 피해까지 용인해준다.

강제력이 강하기 때문에 결과적으로 남용 시비가 더 자주 생긴다고 할 수 있다. 똑 떨어지는 남용 잘못이 드러나 무죄가 선고될 때도 있지만, 그런 심각한 잘못이 아니더라도 빈손으로 철수하는 것만으로 꼼짝없이 남용으로 몰릴 수 있다. 야단법석을 떨고도 나온 게 없으니 과도한 압수수색 아니냐고 하면 속수무책이 될 수 있다. 공공 기관이나 대기업에서는 압수수색을 당한 사실이 알려지는 것만으로도 신인도信認度 실추라는 큰 피해를 입게 되니 수사 남용이라고 문제 삼을 수 있다.

남용의 한계를 판단하는 것이 애매한 점을 악용하는 경우도 있다. 압수수색부터 해놓고 한참 지난 뒤 수사는 흐지부지 끝내는 '아니면 말고' 식의 압수수색이 있다는 건 공공연한 비밀이다. 전혀 엉뚱한 것처럼 보이는 압수수색이 관행적으로 허용되다 보니 생기는 일인데, 안타깝게도 영장 발부 단계에서 그런 악용 사례를 걸러내기가 쉽지 않다. 범죄와 관련 있는 조각조각의 증거를 끌어모으는 수사 과정은, 큰 그림이 그려지기 전에는 어둠 속 미로를 헤매는 것 같다. 어느 조각이 다른 조각과 아무런 연관성이 없는 것처럼 보이다가 제3의 조각이 우연히 드러나 퍼즐 전체가 맞춰진다. 그러다 보니 수사하는 쪽의 숨은 의도를 존중해주지 않을 수 없어 엉뚱한 압수수색까지 허용하게 되고, 그걸 악용하는 경우가 나오는 거다. 압수수색으로 별건 수사를 압박하는 것도 마찬가지로 악용 사례임은 물론이다.

강력하되 애매한 구석이 많은 무기라면, 휘두르는

쪽에서 남용을 경계해야 한다. 당하는 쪽 입장을
세심하게 살피는 것만이 남용 시비를 줄이는 길이다.
압수수색 의존도가 높아지는 추세 속에서 인권이나
사생활 보호 등 국민의 눈높이는 갈수록 높아질 것이니
남용 시비는 점점 더 늘어날 게 분명하다. '외줄타기'에
오르고 나면, 줄을 흔들어대는 게 원망스러워도
어떻게든 중심을 잡아야 한다. 남용 시비에 휘말리면
수사 성과를 아무리 크게 내도 무슨 소용이 있겠는가.

(2020. 7 중앙일보)

피의자 자살은 막을 수 없는가

2016년의 일이다. 검찰의 수사를 받던 롯데그룹의 고위 임원이 스스로 목숨을 끊었다. 본인은 물론 유족에게 지극히 불행한 일이지만, 검찰에게도 불운한 일이다. 계획된 일정에 차질이 오거나 앞으로 내놓을 수사 결과물의 한 면이 허전하게 보일지도 모른다. 수사를 받던 사람이 자살하는 일이 왜 잊을 만하면 다시 일어날까? 멀리는 정몽헌 회장부터 근자에는 성완종 회장에 이르기까지 최근 10년간 모두 90명에 이른다고 한다.

수사 중 자살을 택하는 사람들의 동기는 개인마다 다양하리라고 본다. 고위 공직자나 기업 임원의 경우 평생 쌓아온 명예를 한순간에 잃게 되는 충격 때문일 수 있겠지만, 본인의 진술 여하에 따라 몸담은 조직에 막대한 타격이 오거나 윗선으로 책임을 추급할 연결 고리가 될지도 모른다는 중압감이 더해지는 경우도 있을 것이다. 그중에는 수사 중 겪은 모멸감을 삭이지 못해 욱하는 심정으로 결행決行한 사람도 있을 것이다.

그때마다 지켜보는 국민들도 마음 편할 리 없다.

비리가 있다면 그에 대해 엄한 책임을 지우기를
바라면서도, 다른 한편으로는 수사 중에 자살자가
나오는 일이 반복되는 것이 검찰의 수사 방식에 문제가
있기 때문은 아닌지 의심하게 된다. 소위 '한건주의'에
빠져 조사 대상자의 항변을 들어주지도 않고
짜놓은 틀에 맞춰 밀어붙이는 수사 행태를 경험해본
사람이라면 더욱 그럴 것이다.

자살이라는 돌발 악재가 터진 후에 나오는 검찰의
입장 표명을 곰곰이 뜯어보면 아쉬운 점이 없지 않다.
"고인의 죽음을 애도하지만 수사 과정에 위법은
없었노라"라는 취지의 공식 입장 자체를 흠잡을 수는
없지만, 사태의 반복을 막아보겠다는 의지가 조금도
엿보이지 않기 때문이다. 심리적 압박이 수반되는
수사의 속성상 어쩔 수 없으니 심신을 추스르는 것은
개인이 알아서 할 일이라고 발뺌하며 속수무책으로
내버려두는 것 같은 느낌이 들기도 한다.

물론 수사에서 심리적 압박이 수반되는 걸 피할
수는 없다. 신체 구금 없이 진행하는 임의수사에서도

그러하지만, 압수수색이나 신체 구금이 집행되는 강제 수사의 단계에서 당사자가 느끼는 중압감이란 경험해보지 않은 사람은 가늠하기 어려울 만큼 크다. 가족들이 지켜보는 가운데 수사관들이 들이닥쳐 집 안 곳곳을 뒤지는 드라마 속의 한 장면이 실제 상황으로 벌어진다. 어쩌면 가택 수색보다 휴대폰 압수의 충격이 더 클지도 모른다. 수많은 거래처 번호, 주변인들과 주고받은 교신 자료가 고스란히 보존된 휴대폰이 탈취되는 순간, 알몸으로 길거리에 내쫓긴 듯한 당혹감 속에서 뇌가 마비되는 것 같은 무력감에 빠진다.

심리적 압박이 수사 과정에 수반되는 걸 피할 수 없다는 이유로 손을 놓고 있어서는 자살자가 나오는 것을 막을 수 없다. 자살자가 나오는 걸 막겠다는 의지가 조금이라도 있다면, 관행적으로 이루어지는 수사 방식의 이모저모를 따져보아 세련된 방식으로 다듬어야 한다. 개인의 권리 의식이 크게 신장되고 자존감이 높아지고 있는 만큼, 시대 변화에 부합하지 않는 낡은 방식은 과감히 버려야 한다. "화이트 칼라는 모욕감을 줘야 자백을 받아내기 쉽다"라는 낡은 수사 기법이 지금도 전수되고 있지는 않은지, "전직 대통령, 재벌 회장들이 거쳐간 방에서 조사받는 걸 가문의 영광으로 생각하라"라며 모멸감을 주는 말을 아무 생각 없이 내뱉는 사람이 아직도 남아 있는지 점검해야 한다.

수사라는 공권력의 집행에 범죄자가 무릎을 꿇는 것은 자신의 소행을 누구보다 잘 알기 때문이다. 정확하게 초점을 맞춰 조여드는 단죄의 칼날 앞에서는 좀처럼 항거하기 어려운 법이다. 하지만 자신이 책임질 문제가 아닌 데도 헛다리를 짚고 추궁해 들어오는 경우, 죽음을 불사하며 항거하는 사람이 나올 수 있다. 그 때문에 조사에 나서기 전에 다른 증거물을 충분히 점검하고 숙지하는 등 빈틈없이 준비해야 한다. 한쪽 방향으로 몰고 가다가 '아니면 말고' 식으로 방면해버리는 안이한 접근이 사고를 부른다.

수사 방식을 세련되게 다듬는 일이 말처럼 그리 쉽지 않을 것이다. 경우에 따라서는 수사의 효율성을 포기해야 하기 때문이다. 세련된 방식의 정치精緻한 수사를 주문하기 위해서는 무엇보다 먼저 검사의 어깨가 가벼워야 한다. 그런 의미에서 보면 현재 검찰이 벌여놓은 전선은 그 범위가 너무 넓다. 1차 수사는 경찰에 맡기고 검사는 법률적 차원에서 사후적으로 개입하라는 것이 형사사법의 큰 틀이다. 지금처럼 검사가 경찰과 경쟁하듯이 여기저기 특별 수사라는 명분을 걸고 나서는 것은 결코 정상이 아니다. 권력형 비리나 고도의 수사 역량이 필요한 범죄의 척결에 검사가 직접 나서지 않을 수 없다고 하더라도, 수사 지휘라는 검사의 본령이 뒷전으로 밀려나는 것은 바람직하지 않다. 국민들에게 피로감을 주고 '안티 검찰'을 양산해내는 기형적인 검찰 과잉을 바로잡는 것은 거창한 제도 개혁 없이 인력 운용의 개편만으로도 가능하다. 권위주의 정부 시절부터 누려온 달콤한 권력의 유혹에서 탈피해 한껏 벌여놓은 전선을 줄여야만 수사 대상자의 자살과 같은 사고가 생기는 것을 막을 수 있다.

(2016. 9 중앙일보)

정치권으로 간 검사들

대선 후보들의 레이스로 정치권이 점점 더 뜨거워져
간다. 정책 이슈의 선점 못지않게 인재 영입 경쟁도
치열하다. 주변에 어떤 인물이 포진하느냐에 따라
후보의 신뢰도가 올라갈 수도 있다. 새로운 인재 영입을
공개하는 쪽에서는 효과의 극대화를 노리지 않을 수
없다. 때로는 '깜짝쇼' 방식이 동원된다. 몇 년 전 대선
자금을 파헤치며 자신들에게 칼을 겨누던 검사들에게
정치 쇄신을 해보라면서 칼을 쥐여주겠다는 새누리당의
발표는 깜짝쇼의 압권이었다. 좀처럼 가까이 오지 않을
사람을 뜻밖의 자리로 끌어들였으니까.

깜짝쇼가 절묘하다 보니 예상한 대로 충격이
컸다. 퇴임 후 48일밖에 되지 않은 검사 출신 대법관이
주연으로 등장한 걸 보고 놀라지 않을 사람이
있겠는가. 대선 자금 수사 당시 열렬한 성원을 보냈던
사람일수록 충격이 더할지도 모른다. 법조계 내에서도
비판의 목소리가 높지만 문제의 심각성을 간파한
언론이나 야권에서 그냥 넘어갈 리 없다. 대법관을 지낸
사람이 정치적 중립 의무를 이렇게 팽개쳐도 되느냐고

포화를 쏘아댔다. 당원으로 활동하는 것이 아니라는 당사자들의 부인은 묻혀버렸다.

대법관 자리의 무게는 새삼 설명이 필요 없다. 사법부의 최고 어른이기도 하지만 법조계 전체를 아우르는 상징성도 있다. 명예와 권위가 주어지는 만큼 처신에 제약이 없을 수 없다. 고도의 청렴함을 갖춰야 하고, 정치적 중립도 지켜야 한다. 재임 중은 물론이고 퇴임 후에도 일정 기간 그 부담에서 벗어날 수 없다. 더구나 그 자리가 주는 인격의 무게를 퇴임 이후까지 향유하고 있다면 더 말할 것도 없다

깜짝쇼의 여파는 거기서 끝나지 않는다. 이들의 변신으로 검찰에는 어떤 문제가 있는지도 짚어봐야 한다. 대선 자금 수사팀 핵심 멤버들의 갑작스러운 변신은 많은 사람을 어리둥절하게 만들었다. 정치적 성격이 강한 사건을 다루면서 정치적 중립에 대한 인식이 무뎌진 걸까. 최근 검사들의 국회 진출이 많다 보니, 언제부턴가 검사 경력을 발판으로 삼아도 되는지를 따져보는 것은 뒷전으로 밀려났다. 법치를

확산시키자면 유능한 법률가가 국회로 많이 진출해야 한다는 명분론에 밀리고 있는 것이다. 검찰의 우군을 국회에 박아두는 실리에 눈이 어두워 입을 다문 사람도 있다.

검사들의 정치권행이 검찰의 정치적 중립에 장애가 된다는 것은 누구나 쉽게 짐작할 수 있다. 정치권의 주문 사항이 다양한 경로로 수사 검사에게 전달될 가능성이 있다는 것만으로도 중립성이 의심받는다. 사건을 처리하면서 정치권을 기웃거렸다고 의심하는 사람이 늘어날수록 중립에 대한 불신은 깊어진다.

중립 시비에도 불구하고 정치권으로 가는 검사가 왜 늘어날까? 무엇보다 참신한 인재 수혈을 바라는 쪽의 러브 콜에 응한 경우가 많다. 심지어 차출돼 가는 경우도 있다. 수사를 통해 얻게 되는 검사 개개인의 인지도가 정치권에서는 큰 자산으로 통하기 때문이다. 많은 관심이 쏠린 대형 사건을 맡았던 검사일수록 주가가 높다. 다른 직업군에 비해 상대적으로 깨끗하다는 이미지를 살려 부패 척결 의지를 강조하기

위한 병풍으로 동원되기도 한다. 때로는 전공이 그렇다
보니 정치판의 이전투구泥田鬪狗에 저격수로 동원되기도
한다.

검사로서의 인지도가 정치권 진출에 결정적인
발판이 된다는 공식이 굳어지는 건 결코 바람직하지
않다. 매명賣名에 집착하는 검사가 나올 수 있기
때문이다. 매명에 집착하거나 공명심功名心에 들뜨게
되면 균형 감각을 잃고 수사의 정도에서 벗어나게 된다.
거악巨惡의 척결에 나서는 소위 '특수통' 검사들이 그런
유혹에 더 취약하다. 무리하게 사건을 키우거나 증거가
약한 데도 거물을 잡겠다고 억지로 공범으로 기소할
수도 있다. 국민의 지지와 성원이 큰 사건일수록 더
위험하다. 한편으로 박수 소리에 도취된 나머지 칼끝의
방향에 따라 정치 구도까지 이리저리 바꿀 수 있다는
착각에 빠질 수도 있다.

정치적 중립 문제는 검찰의 해묵은 숙제다.
그동안은 정치권의 비위를 맞추거나 살아 있는
권력 앞에서 주눅 들지 말라는 데 초점이 맞춰져

있었다. 하지만 이제는 과제를 하나 더 떠안게 됐다. 모처럼 기개 있는 검사가 살아 있는 권력의 비리를 파헤치겠다고 나설 때도 의심의 눈길을 잠재워야 할지 모른다. 그렇게 각을 세워 달려드는 것이 결코 정치권 진출의 발판 만들기가 아니라고 설명해야 한다는 말이다.

법률가의 영역에서 벗어나 정치판에 나가 나라 사랑을 실천해 보이며 능력을 발휘하는 검사들도 있지만 현실의 벽 때문인지 그 밥에 그 나물이 된 사람도 많다. 내로라하던 검찰 엘리트들의 변신을 보면서, 정치적 중립을 지키려고 발버둥치던 지난날의 고단함을 떠올리는 사람도 있지만 중립 시비에 더욱 시달릴지도 모를 험난한 앞날을 걱정하는 사람이 더 많을 것이다. 검찰이 정치권과 가까워진 것처럼 보이게 만든 부채를 어떻게 갚을지 그들에게 묻고 싶다.

(2012. 9 동아일보)

누가 용기 있는 검사 인가

요즘 들어 검사들의 폭로성 언론 인터뷰가 예사롭지 않다. 심지어 수사가 진행 중인 사건의 외압外壓을 폭로하기도 한다. 언론 노출에 대한 조직 내부 통제가 허물어지지 않고선 일어날 수 없는 일이다. 그들은 지난날의 선배 검사들에게 외압 앞에서 왜 그리 용기가 없었느냐고 꾸짖듯이 묻고 있을지 모른다.

40여 년 전 검사의 길에 들어설 때의 다짐은 '무서운 검사가 되겠다'였다. 청탁이 통하지 않고 물질 공세에도 꿈쩍 않는 꼿꼿한 검사가 되리라 생각했다. 하지만 그 다짐은 부산지검의 말석 검사로 발령받아 출근한 지 며칠 만에 흔들렸다. 이른 새벽 조경 가게에서 꽃나무 화분 한 점을 훔쳤지만 몇 발자국 가지 못한 채 부근에 쓰러져 있다가 붙잡힌 절도 사건 때문이었다. 피해 금액이 적은 데도 절도 전과가 있어 구속된 청년을 앞에 두고 신문訊問을 하기 위해 기록을 훑어보다가 울컥하며 눈물을 보일 뻔했다. 겨우 신문을 마쳤지만 '얼마나 굶주렸기에 그 무거운 걸 훔치고 멀리 가지도 못했을까'라는 생각이 내내 머릿속을 맴돌았다. 어렵게 내부 결재를 얻어 절도범을 기소유예로 풀어주면서 많은 걸 배웠다. 사건에 따라선 무섭기보단 따뜻한 마음이 필요하다는 것, 그렇다고 해서 연민의 정에 끌려 법 집행이 마냥 물러져서도 안 된다는 것까지.

매일매일 처리해야 할 사건에 파묻혀 사건에 따라 무서운 검사와 따뜻한 검사 사이를 오갔지만 역시 무서워지기가 더 힘들었다. 선처善處의 청탁이 인간관계를 바탕에 깔고 들어올 때가 가끔 있었으니까. 무시 못 할 학교 선배가 내가 맡은 사건의 변호인이 되어 사무실로 찾아오거나 외부 청탁을 받은 직속 상사가 넌지시 부탁하는 경우, 청탁을 물리치는 데 엄청난 용단이 필요했다. 인간관계의 단절까지 감당할 만큼의 용기를 내야 했는데, 그건 청탁을 물리치는 것보다 더 큰 부담으로 다가왔다. 자를 때 자르면서도, 대인 관계가 안 좋다는 말을 듣지 않으려고 줄타기를 하다 보면 자괴감이 들 때도 있었다.

용기라는 화두話頭를 들고 씨름하던 중, 진정한 용기가 뭔지 보여주는 역사적 사건을 수사팀과 같은

청에서 지켜보게 됐다. 영화 〈1987〉에 소개된 박종철 고문 치사 사건이었다. "책상을 탁 치니 억 하고 죽었다"라는 궤변으로 대학생의 억울한 죽음을 덮고 경찰 대공對共 수사팀의 사소한 실수로 끝내려던 경찰의 음모에 제동을 건 것은 검사의 몫이었다. 물고문의 뚜렷한 흔적을 못 본 체해달라는 전두환 정권의 압력을 뿌리치고 사체 부검을 지휘한 것이다. 검사의 용기가 고문 치사의 진상을 밝혀냈음에도 불구하고, 몇 달 뒤 검찰은 사건 축소라는 비난을 받으며 크게 상처를 입었다. 대공 수사 라인 보호라는 명분에 밀려 고문 가담자를 2명으로 축소하는 걸 묵인했다는 이유에서였다. 당시 국가안보라는 명분으로 포장된 정권 차원의 축소 외압을 과연 누가 거부할 수 있었을까.

늘 그렇듯이 외압은 결코 노골적으로 내려오지 않았다. 외환 위기 돌파를 위한 외자 유치라는 명분으로 포장되어 내려온 외압도 역시 그랬다. 1998년 S그룹 C회장의 거액 외화 도피 첩보를 입수해 수사에 나섰다. 달러 고갈의 주범이라고 믿었던 재벌의 외화 빼돌리기를 규명하겠다는 비장한 각오로 전력투구한 끝에 1억8천만 달러에 달하는 증거를 잡았지만 구속 직전 단계에서 수사가 중단됐다. C회장 주도의 외자 10억 달러 유치가 임박했으니 수사를 멈춰달라는 거였다. 수사팀을 해체시키는 인사 발령이 나는 바람에 기소 중지를 해놓고 지방으로 좌천됐으니 멀리서 추이를 지켜볼 수밖에 없었다. 그 후 외자 유치는 온데간데없어지고 사건을 묵살시키려는 시도가 소위 옷 로비 사건으로 비화했다. 당시 누가 외자 유치 주장을 묵살하고 구속 수사를 강행하겠다고 고집할 수 있었을까.

수많은 수사 외압 앞에서 지난날 선배들이 겪은 고뇌의 무게를 오늘날 젊은 검사들은 짐작이나 할까. 그들에게 되묻고 싶다. 외압에 시달리면서도 언론의 힘을 빌릴 생각조차 못 했던 건 용기가 부족했기 때문이라고 매도할 수 있는 거냐고. 그리고 내부 고발에 나서기 전에 내부 잘못은 어떻게든 내부에서

해결해보려는 노력을 충분히 해봤는지도 따져 묻고
싶다.

(2019. 5 중앙일보)

골짜기가 깊으면 산이 높다 했으니

너무 놀라 귀를 의심했다. 부장검사와 검사장이 청사 내에서 '육탄전'을 벌이다니. 2020년 8월 초 이른바 검·언 유착 의혹 사건을 수사하던 서울중앙지검의 담당 부장검사가 피의자인 검사장의 휴대전화를 압수하려다 몸싸움이 벌어진 것이다. 변호인과 통화하려는 걸 증거 인멸 시도로 오인해 제지한 게 발단이 됐단다.

그런데 먼저 몸을 날린 부장검사는 독직 폭행 피의자로 소환에 불응했음에도 그 직후 인사에서 승진한 반면, 그 사건을 맡아 조사하던 서울고검의 검사는 좌천 발령을 받고 사표를 던졌다. 육탄전에 이어 어이없는 인사까지 나는 걸 보고, 놀란 사람이 많으리라.

전적으로 그 일 때문만은 아니었겠지만 인사 발표 후 사표를 던지는 검사가 줄을 이었다. 어쩌면 그런 사태의 조짐이 진작부터 있었던 것 같다. 공수처(고위공직자범죄수사처) 신설 등을 무리하게 밀어붙이는 걸 지켜보며 검찰 장악 의도가 깔려 있다고 의심했을 테니까. 검사끼리 편이 갈려 살아남으려면 어느 쪽엔가 줄을 서야 하는 분위기에 환멸을 느낀 사람이 많아 사표 행렬이 길어졌을 수도 있다.

검사의 길에 들어설 때는 대부분 '평생 검사'를 꿈꾸지만 이런저런 일로 그 꿈을 도중에 접는 사람들도 많다. 정계 진출이나 변호사 개업처럼 준비된 변신과 달리, 뜻하지 않은 중도 하차라면 결단 내리기가 쉽겠는가. 소신과 배치되는 상부 지시를 수용하길 거부하거나 사건 처리 과정에 내려온 부당한 외압에 맞서다 보면, 가슴앓이를 겪을 수밖에 없다. 좌천성 발령을 받거나 승진 병목에서 탈락한 경우도 마찬가지다.

검사를 천직이라 믿고 시작했지만 흙탕물을 일으킨 검사의 스캔들이 매스컴을 뒤덮을 땐 나 역시 부끄럽고 수치스러워 그만두고 싶기도 했다. 그럼에도 자리를 지킬 수 있었던 건 맡은 일의 범위 내에서 중심을 잡고 최선을 다하면 나름의 의미와 보람을 찾을 수 있었기 때문이다. 그러던 중 도저히 사표를 던지지 않을 수 없는 궁지에 몰린 적이 있다. 1998년 21년 차 검사로 서울지검의 특수1부장을 맡았을 때, 그즈음 닥친 외환위기의 주범이라 할 외화 밀반출 사범을 적발해놓고도 어이없게 좌천 발령을 받고 나서다.

1억8000만 달러(1800억 원 상당)의 거액 밀반출이었고 외환위기 이후 적발된 유일한 수사 성과였다. 천신만고 끝에 증거를 확보하고 구속하기 위해 S그룹 C모 회장을 소환하려 하자 수사 중단 지시가 떨어졌다. 그가 주도하는 10억 달러(1조 원 상당)의 외자 도입이 임박했다는 게 이유였지만, 총장도 어찌할 수 없는 외압이라는 냄새가 물씬 났다. 지시를 거부하긴 어려워 엉거주춤해 있는데, 그즈음 실시된 정기 인사에서 지방 발령이 나는 게 아닌가. 온 국민을 좌절에 빠트린 외환위기의 주범을 적발해낸 몇 달간의 노력이 물거품이 되는 것 같아 너무 억울했다. 정나미가 떨어졌지만, 언젠가 드러날 외압의 실체를 확인하고 싶어 사표 던지기를 유보했다.

실체가 드러나기까지는 오래 걸리지 않았다. 이듬해, 수사를 없던 일로 뭉개려던 그들의 로비가 오히려 불씨에 기름을 붓는 격이 되었다. 로비가 실패로 끝나자 이른바 '옷 로비 사건'이 폭로됐고, 이전에 밝혀둔 혐의로 C모 회장은 구속 기소됐다. 법무부 장관도 인책 경질됐고, 외자 도입은 무산됐다. 가슴속 울화가 풀리며 사표 내지 않길 잘했다고 자위했다.

그 시련을 계기로 검찰에 평생을 바칠 만한지 되짚어봤다. 1987년의 박종철 고문 치사 사건, 1980년대 초반의 장영자 거액 어음 사기 사건 등이 떠올랐다. 권력에 굴하지 않는 용기, 방대한 금융 비리를 신속히 파헤치는 수사 실력 등을 갖춘 검사라야 어떤 난관에 부닥쳐도 꿋꿋하게 자기의 길을 갈 수 있다는 결론에 이르렀다. 유능하고 반듯한 선배의 뒤를 따르리라. 가시덤불이 나타나면 진실의 힘에 의지해 헤쳐 나가리라 다짐했다.

그 후 차장검사, 검사장 등을 거치면서 사표 내는 검사를 달래는 입장이 됐다. 정치 검찰이란 욕을 먹을 때가 많지만, 자기가 맡은 범위 내에서 최선을 다하면 누군가의 억울함을 풀어주고 눈물도 닦아줄 수 있지 않겠느냐고 설득했다. C모 회장 수사를 예로 들며 어떤 외압도 오래가지 않아 실체가 드러나기 마련이라고 경험담도 들려줬다.

그런데 이제는 떠나려는 사람을 붙잡지 못한다. 거듭된 '휘젓기' 인사에 정이 떨어졌다고 하는 후배와 동료를 무슨 말로 붙잡겠는가. 유능하고 반듯한 인재들이 떠나면 그 맥을 누가 이어갈까. 그래도 수십 년 동안 진실을 밝혀내려는 검사들의 열정과 사명감이 빚어낸 혼魂이 여전히 살아 꿈틀대고 있다고 믿는다. 떠나려는 이에게 한마디를 덧붙이고 싶다. "골짜기가 깊으면 산이 높다" 했으니, 긴 호흡으로 흙탕물이 가라앉길 기다려보라고.

(2010. 10 중앙일보)

3

세상

검사와 기자, 가깝고도 먼 사이

평검사 시절 기자가 불쑥 방에 들어오면 가슴이
철렁했다. 청사 출입 보안이 느슨하던 시절이었으니
특수부 검사실에 밤늦게 불이 켜져 있으면 뭔가 있나
싶어 기자가 예고 없이 찾아오곤 했다. 그럴 때면
황급히 책상 위를 치우고 조사도 멈춘 채 불청객을
응대하느라 신경을 곤두세워야만 했다. 겨우 내사內査
단계에 불과한 데도 눈치채고 "○○○ 소환 조사"
등으로 기사를 한 줄 써버리면 홍역을 치르게 된다.
수사 보안 실패에 대해 상사의 질책이 떨어지고,
유출범을 색출하느라 소동을 벌이기도 한다.

　기자에게 시달리는 건 수사를 공개리에 할
때도 피할 수 없다. 취재 경쟁에 불이 붙으면
오보나 추측성 보도가 부쩍 심해지기 때문이다.
궁여지책窮餘之策으로 그들과 맺은 신사협정紳士協定이
'수사 브리핑'이라는 제도다. 피의사실 공표에
걸리지 않을 만큼 일정 부분까지 쓰도록 기삿거리를
던져주는 수사 브리핑은 터무니없는 오보를 막는
데 어느 정도 도움이 됐다. 특히 전 국민의 이목이

집중된 사건의 수사에서 쓰임새가 있었다. 인권침해 우려가 있는 관행을 왜 버리지 않느냐는 비난이 있는 줄 알면서도 거기에 의존해온 것은, 보도가 중구난방으로 튀고 나면 그걸 일일이 해명하느라 꼭 필요한 곳에 수사력을 집중하지 못하기 때문이다. 터무니없는 오보는 그 자체가 또 다른 인권침해에 해당됨은 물론이고, 수사가 종결된 후 "그 많던 의혹이 온데간데없으니 축소 수사 아니냐"라고 욕먹게 만드는 주범이다. 기자와 검사의 공생共生은 거기까지다. 남보다 한 곳이라도 더 캐내려는 그들의 직업 근성상 취재 경쟁은 누구도 멈추게 할 수 없으니까. 그런데 오보를 막기 위한 신경전이 벌어지는 한편에서, 가끔 검사가 특정 기자와 유착해 꼼수를 쓰는 일이 벌어지기도 한다. 수사 내용 일부를 슬쩍 흘려 보도되게 한 다음, 압박을 느낀 피의자에게서 수사 협조를 받아내는 경우다. 외압이 있다고 언론에 폭로해 여론을 등에 업고 수사의 돌파구를 찾아내는 돈키호테 스타일의 검사가 나오기도 한다. 터무니없는 오보를 접할 때마다 해당 기자의 청사 출입을 영구히 막아야 한다고 목청을 높이기도 했지만, 기껏해야 한두 달의 출입 제한으로 끝낼 수밖에 없었다. 취재의 자유를 빼앗는 것은 언론 자유라는 헌법 가치를 건드릴 수 있기 때문이다. 기자와의 음험한 유착으로 물을 흐려놓는 일부 검사의 행태 때문에 수사 내용을 기자에게 흘리는 일이 다반사로 일어난다고 많은 이가 의심하게 된 것이 안타깝다. 더구나 기자 역시 꼼수를 쓰고 있으니 그런 오해가 쉽게 풀리겠는가. 자기들이 취재한 걸 들이대며 검사에게서 진위眞僞 확인 정도만 받아놓고선 그걸 검찰발 기사로 둔갑시키곤 한다. 검사실에서 조사받고 나온 참고인에게 접근해 들은 말을 취재원 보호를 핑계 삼아 '검찰 관계자'의 말로 포장하는 기자도 있다. 심지어 검찰청 쓰레기 더미를 뒤져 확보한 파지破紙 조각으로 퍼즐 맞추기를 해 특종을 건지는 집요한 기자도 가끔 나온다.

그런데 왜 선배 검사들은 후배에게 기자를 멀리해선 안 된다고 가르칠까. 그들의 취재 활동이 검사들이 빠지기 쉬운 독선을 견제한다고 믿기 때문이다. 권력 감시가 언론의 생명이라는 믿음이 저변에 깔려 있음은 물론이다. 밀행密行으로 이루어지는 수사는, 그 속성상 외부의 감시가 없으면 수사 효율을 앞세워 인권 보호에 소홀해지기 쉽다.

최근 법무부가 피의사실공표 시비를 줄이는 차원에서 공보 준칙을 손보겠다고 나섰다. 그로 인해 검사와 기자 사이에 건강한 긴장 관계가 회복된다면 환영할 일이다. 하지만 법무부의 일방적 주도로 추진되다 보니 언론이 반발하고 있다. 언론, 검찰, 민간 전문가들이 모여 대토론회를 열면 어떨까. 수사 관련 보도 수위를 얼마나 낮출지, 알 권리의 중독에서 좀처럼 빠져나오지 못하는 국민을 어떻게 달래줄지 등이 논의되면 좋겠다. 보도의 대상이 고위 공직자일 경우 알 권리란, 안다는 걸

넘어서 '감시'하겠다는 것 아닌가. 법무부가 일방적으로 밀어붙일 일이 아니다.

(2019. 11. 중앙일보)

진실을 품은 자의 당당함

가슴이 후련해지는 것 같았다. 이용수 할머니의 지난 5월 7일 기자회견 장면을 보면서다. 할머니의 당당함에도 놀랐다. 90세 넘긴 연세가 믿어지지 않았다. 피해자 할머니들의 입장을 대변한다는 시민단체의 위안부 인권 운동이 언젠가부터 언론도 건드릴 수 없는 성역으로 변했지만, 거기서 벌어진 모금 횡령 의혹 등을 폭로하는 이 할머니에겐 거칠 게 없어 보였다. 한 걸음 더 나가 청년 세대가 반일反日 일변도에서 벗어나 일본의 청년들과 교류하며 과거 역사를 기억하는 쪽으로 방향을 전환하라는 주장까지 덧붙였다. 경직된 반일에서 벗어나라는 소신을 그렇게 당당하게 밝힌 사람이 그동안 있었던가.

이 할머니의 그런 당당함은 어디서 나올까. 그것은 진실을 품고 있는 사람만이 뿜어내는 힘, 바로 진실의 힘이다. 70여 년 전 일제강점기 시절 10대 소녀로서 겪은 피해 경험이 우여곡절 끝에 만천하에 드러났고, 반反인권의 극치라고 할 그 끔찍한 사실은 어느덧 덮을 수 없는 진실로 굳어졌다. 잔꾀를 부리는 일본 극우

세력에 맞서 진실의 왜곡을 막기 위해 30년 동안 싸워온 것은 물론이고, 드러난 진실은 결코 왜곡될 수 없노라고 2007년 미국 의회에서 이 할머니가 당당하게 증언하게 만든 것도 진실의 힘이다. 왜곡하려 들수록 진실에 힘이 붙는다는 사실을 할머니는 존재 자체로 보여주고 있다.

일관一貫된 만큼 힘이 붙는 진실, 그게 참된 진실이다. 하지만 수많은 진실이 뒤엉켜 돌아가는 사법절차에는 참된 진실만 등장하는 게 아니다. 허울뿐인 진실이 섞여 있기도 하거니와 진실처럼 보이던 게 갑자기 밀려나고 새로운 게 진실이라고 고개를 불쑥 내밀 때도 있다. 그런 예상치 못한 진술 번복에 부닥치면, 그것과 맞물려 있는 다른 증거의 진위 판단을 다시 해야 한다.

그런 만큼 진술 번복은 사법 낭비의 요인이지만, 속을 들여다보면 이해 득실을 저울질하거나, 뭔가를 두고 흥정하는 등 나름대로 이유가 있다. 상황 변화에 따라 유리한 쪽으로 번복하겠다는 걸 어쩌지 못하는 건, 자신에게 불리한 진술을 강요받지 않는다는 대원칙 때문이다. 수사 단계에서 영상 녹화까지 하며 묶어둔 진술도 손바닥 뒤집듯 바뀌는 걸 보면, 생각이나 입장을 자유롭게 밝히도록 보장하는 공개 법정이 진술 번복을 부추긴다고 해도 과언이 아니다. 수사 단계의 진술에 강압이나 회유 등이 있었는지를 포함해 번복의 이유가 합당한지를 검증하지 않을 수 없는데, 변호인이나 검사가 번갈아 신문하는 교호신문交互訊問을 통해 허점을 파고드는 증거 조사 절차가 그래서 중요하다.

"역사의 법정에선 무죄"라고 하던 한명숙 전 총리 사건의 진실이 무엇인지가 새삼 부각되고 있다. 그 진실과 맞물려 있는 건설업자 한 모 씨의 10년 전 진술이 따라서 주목받고 있다. 정치 자금 9억 원 수수로 기소되어 2015년 유죄 판결이 확정된 한 전 총리에게 돈 준 사실을 털어놓았던 그의 진술을 이제 다시 들춰내 신빙성을 따지려 하고 있다. 그 배경에는 한 모 씨 법정 진술의 신빙성 판단 잘못이 한 전 총리에게 억울한 옥살이를 안겨줬다는 공감대가 깔려 있다.

한 모 씨의 진술이 재판 당시 진실로서 어떤 취급을

받았는지는 한 전 총리에 대한 대법원 판결문에 나와 있다. 수사 과정에서 소상히 털어놓는 것처럼 진술했다가 1심 법정에서 번복했는데, 회유에 넘어가 검찰에서 허위 진술했다는 게 번복 이유다. 증인 선서까지 한 법정 진술이라는 이유로 1심이 믿어준 한 모 씨의 진술은, 번복 과정이 석연치 않다는 이유로 2심에선 배척됐다. 오히려 검찰에서 했던 진술이 금융 자료 등 몇 가지 객관적 증거와 부합한다고 판단했다. 그 후 대법원 전원합의체도 2심의 손을 들어줬다.

진술 번복 앞에서 어느 하나를 선택하는 부담은 재판부 몫이다. 공판중심주의와 직접심리주의를 고집한다면 법정에서 선서 후 증언한 진술 쪽으로 기울 것이다. 그런데 그걸 배척하고 검사 앞에서 한 진술을 믿어줬다면 고심 끝에 내린 용단임이 틀림없다. 한 모 씨의 진술을 배척할 때 2심과 대법원 역시 많이 고심했을 것이다.

그렇게 배척된 진술에 과연 진실의 힘이 살아날까. 한 전 총리에게 억울함이 있으면 풀어주는 게 당연하지만, 고인故人이 된 한 모 씨의 진술을 들춰내는 건 군색해 보인다. 한 모 씨가 수감 중 감방 내 동료에게 돈 준 사실을 털어놓았다고 증언했던 최 모 씨가, 10년이 지나 그게 검찰의 회유 때문이었다고 최근 폭로한 걸 꼬투리 잡겠다고 한다. 그것 역시 번복된 진술이다. 이처럼 흔들리는 진실을 끌어모아, 확정판결을 휴지로 만드는 새로운 진실을 한 전 총리에게 선물하겠다는 말인가.

(2020. 8 중앙일보)

정의의 이름으로

유죄의 확정판결이 뒤집혔다. 23년 전 온 나라를 떠들썩하게 했던 소위 '강기훈 유서 대필 사건'을 두고 당시 내렸던 판결이 재심再審으로 번복된 것이다. 유서를 대필해주며 분신하는 운동권 동지의 자살을 부추겼다고 해서 실형이 선고됐지만, 다시 따져 보니 자살방조 혐의는 무죄라는 것이다. 3년 형기를 복역하고 나서 누명을 벗겠다고 발버둥쳤을 그 긴 세월의 무게를 어느 누가 가늠할 수 있으랴. 지난날 청년 시절 얼굴을 기억하는 사람은, 재심 결과를 반기며 인터뷰에 나선 당사자의 찌든 모습을 보고 그 무게를 어렴풋이 짐작할 뿐이다.

한 번 내린 판결을 뒤집는 재심은 극히 이례적인 구제 수단이다. 왜곡된 판결을 바로잡을 일이 자주 생겨서는 사법의 근본이 흔들리기 때문이다. 기소 단계에서나 1심, 2심에서 치열한 논박을 거쳤음은 물론이고 최고법원인 대법원까지 나서 확정시킨 판결을 뒤집는다는 것은, 정의正義의 이름이 아니고서는 불가능한 일이다. 재판에서 확정된 것은 아무래도 과거의 역사적 진실에 불과하기 때문에, 새 시대에 새로운 가치 기준으로 새롭게 세운 정의가 등장하면 지난날의 정의는 휴지 조각이 될 수 있다. 새로운 정의는 더욱 날이 선 것 같지만 가끔은 빛이 바래 허망해 보이기도 한다.

재심에 목매달던 사람은 물론이고, 왜곡된 정의가 바로잡히는 걸 환영하지 않을 사람이 있겠는가. 하지만 그 이면의 상황은 그리 간단하지 않다. 종전 판결이 나오기까지 관여했던 사람들에게는 새로운 정의의 등장이 곤혹스러울 수도 있다. 나름의 확신을 가지고 치열하게 매달렸던 사람일수록 더 곤혹스러울지도 모른다.

책임을 따지자면 뒤집힌 판결을 내린 재판부가 가장 무겁다고 봐야 한다. 하지만 그들은 재심 판결로 새로운 정의를 세운 법관과 같은 사법부라는 큰 틀의 일원이다 보니 그 뒤에 숨을 수 있다. 어쩔 수 없이 뒤집힌 판결이 나오도록 밥상을 차렸던 검사들이 집중포화를 맞게 된다. 이번 유서 대필 사건과 같이 경찰을 제치고 검찰이 직접 인지 수사해 기소한 경우에는 더욱이 숨을 곳이 없다. 최종 판단의 주체로서 방패가 돼주던 사법부마저 등을 돌린 상황에서, 검찰은 고립무원孤立無援의 신세가 될 수밖에 없다.

재심으로 떠안게 된 숙명적인 시련 앞에서 검찰이 욕을 덜 먹기 위해서는 의연하고 냉정해져야 한다. 다시 최종심 판단이 남아 있다는 이유로 재심 판결의 수용을 일단 미뤄보고 싶은 유혹에 흔들려서는 안 된다. 상고 포기로 새로운 정의를 수용하는 데 과감해야 할 때도 있다. 지난날 여러 차례 재심 선고가 있었을 때, 판결의 근거가 된 긴급조치가 무효 선언된 경우에는 물론이고, 상급심에 올라가봐야 뒤집힐 가능성이 없다는 이유로 검찰이 상고를 포기한 경우도 있었다.

이번 사건의 경우, 유죄의 근거가 된 필적감정筆跡鑑定의 오류를 시정是正하는 정반대의 감정 결과를 근거로 종전 판결을 뒤집은 것이다. 그런 만큼 상고 여부를 검토하는 데에서는 오로지 상급심에서 다시 뒤집힐 여지가 있는지에 초점을

맞춰 판단해야 한다. 아무리 봐도 유죄의 심증이
확실하다거나 재판부가 간과한 다른 정황 증거가 더
있다는 데 미련을 두다가는 냉정한 판단을 그르칠 수
있다. 자살을 부추기는 어둠의 세력을 척결하겠다는
애당초의 거창한 의욕을 되살려서도 안 된다. 사법의
생명이라고 할 법적 안정성에 대한 생각도 바꿔야
한다. 대법원까지 거쳐 확정된 판결이 뒤집어진 마당에
통상 내세우던 도식적인 명분이 먹혀들 턱이 없기
때문이다. 냉정을 잃고 관행적인 상고上告에 집착한
것으로 외부에 비쳐지면 여론은 등을 돌린다. 자신들의
과오를 인정하지 않으려는 본능적 욕구 때문이라거나,
자신의 재임 기간 내에서는 어떻게든 피해보려는 계산
때문이라는 등의 의심을 받게 된다.

　　우려스럽게도 검찰은 재심 결과를 수용하지 않고
상고라는 선택을 해버렸다. 판단의 근거가 된 요소를
속속들이 알 수는 없지만 고민을 거듭한 끝에 내린
결정이라고 믿어 의심치 않는다. 하지만 여론과는
동떨어진 결정이라는 생각을 지울 수 없다. 절차적

정의에 발목 잡혀 눈뜨고도 진범을 풀어주는 경우와 비교하더라도, 이미 3년 형기의 집행을 마친 사람을 계속 묶어두는 것은 너무 가혹한 건 아닐까. 국민의 마음을 살 수 있는 절호의 기회를 날려보내는 경직된 일 처리를 보며, 검찰이 지향하는 바가 무엇인지 묻고 싶다.

(2014. 3 중앙선데이)

추징금 17조 원에 담긴 불편한 진실

무려 17조 원의 미납 추징금을 남기고 떠났다. 도무지 가늠하기 어려운 액수에, 추징이라는 딱지가 족쇄처럼 묶여 있었다. 2019년 타계한 김우중 전 대우그룹 회장 얘기다. 한때 '세계 경영'의 아이콘이었고 "세상은 넓고 할 일은 많다"라는 말 한마디로 이 땅의 젊은이들 가슴을 뛰게 하지 않았던가. 복역 중 징역형에 대해선 사면을 받고도 십 수년이 지나도록 추징의 족쇄는 그대로 두는 법 집행의 아이러니를 어떻게 받아들였을까?

일간지에 난 추모의 글을 읽다가 오래전 고인과 맺은 인연의 기억이 떠올랐다. 1995년 11월 대검 중수부 조사실에서 책상을 사이에 두고 마주 앉은 적이 있다. 노태우 전 대통령 뇌물 수수 사건에서 공여자로 조사하게 된 것이다. 일에 대한 열정이 대단하다는 건 알고 있었지만, 조사를 시작하자마자 열변을 토하는 모습을 보고 적잖이 놀랐다. 출장길에서 10시간 넘게 비행기를 타고 급거 귀국한 게 맞나 싶을 정도로 에너지가 넘쳤다. 신문하는 검사를 가르치려 해 말을 끊어야 할 때도 있었다. 뇌물 받은 쪽에서 받은 액수를 이미 털어놓았고 출금을 증빙하는 계좌 추적 자료까지 있었기에 변명은 주로 대가성을 부인하는 데에 초점이 맞춰졌다. 정경 유착의 불가피성을 역설하며, 지목된 몇 개 국책 사업의 수주受注와 금품 제공 사이에 대가 관계가 없다는 거였다. 그러나 결국 240억 원의 뇌물 공여로 불구속 기소했고, 그 후 유죄가 선고됐다.

되돌릴 수 없는 일이지만, 당시 일 처리에서 두고두고 마음에 걸리는 게 있다. 구속 수사 의견을 관철하지 못한 것이다. 뇌물을 건넨 혐의가 있는 30대 재벌 총수들을 모두 소환 조사한 후, 실무자로서 내린 결론은 경제에 미치는 타격을 고려해 기소 대상을 최소화하되 정경 유착 단절 의지를 단호하게 보여주려면 사안이 무겁고 죄질이 나쁜 두세 명은 구속해야 한다는 것이었다. 그래서 금액이 많고 대가성이 뚜렷한 D건설 C회장과 함께 고인도 구속 대상으로 분류했다. 하지만 불발로 끝났다. 차라리 구속됐더라면 어떻게 됐을까? 좀 더 일찍 경영의 내실을 다져 IMF 환란 이후 엄청난 규모의 분식 회계로 쓰러지지 않았을지도 모른다.

IMF 환란 속에서 대마불사大馬不死를 기대하던 대우그룹은 1999년 결국 도산했다. 차입借入 경영의 실상이 생각보다 심각하다는 사실도 드러났다. 분식 회계로 부풀린 재무제표가 토대가 된 오랫동안의 금융 조달이 모두 대출 사기로 몰렸다. 만기가 도래한 대출을 막기 위한 새로운 금융 조달까지 누적 집계되면서 대출 사기 금액이 눈덩이처럼 불어났으리라. 거기에 해외 사업 운영 목적으로 조성해 굴리던 해외 펀드 자금 전액에 재산 국외 도피죄까지 적용되는 바람에 17조 원에 이르는 추징금 선고로 귀결된 것이다.

추징도 엄정한 집행을 요하는 형벌이다. 독자적으로 선고될 수는 없고, 징역형이 선고될 때 덧붙여지는 부가附加형이다. 범죄로 인한 이득을 박탈하겠다는 것이다. 사기나 횡령 등의 범죄로 취한 이득이 현금이나 예금 등의 형태로 남아 있으면 몰수로 끝낼 수 있지만, 소비돼 남아 있지 않으면 그 액수만큼 일반 재산에서 빼앗는 게 추징이다. 그러니 몰수와 달리 추징은 애초부터 집행에 어려움이 생길 수밖에 없다. 징역형 집행을 마친 사람에게 숨겨놓은 재산이 있거나 경제활동으로 수익을 얻을 경우 조금씩이나마 집행이 가능하지만, 그렇지 않은 경우 집행 불능에 빠진다. 고액 추징금일수록 그럴 확률이 높다. 17조 원이라면 선고하는 판사조차 집행을 기대하지 않았으리라.

집행에 어려움이 있다고 해서 함부로 풀어줄 수 없다. 집행을 책임진 입장에선 '집행 불능' 결정을 어떻게든 미루려 하지 않겠는가. 그러니 법정 시효 5년이 제대로 적용되지 않는다. 꼼수를 쓰더라도 시효를 연장해 후임자에게 떠넘기는 '폭탄 돌리기'를 하는 것은 공공연한 비밀이다.

엄정함에 치우쳐 구체적 타당성을 잃어도 안 되지만, 법 집행에 실효성이 없어도 법의 권위가 설 수 없다. 고액 추징일수록 집행이 안 되는 현실을 방치해 법 경시 풍조를 부추기지 않으려면, 필요적 추징을 정하고 있는 법 규정들을 다듬어야 하지 않을까? 겉으로는 엄정한 척하면서 속은 공허한, 그런 법 집행의 위선僞善에 승복하라고 강요해서야 되겠는가. 세계 무대에서 새로운 도전의 고비마다 유연함으로 승부했기에 고인의 족적이 신화가 되지 않았을까? 기업인의 그런 유연함에 족쇄를 채우는 일이 반복된다면 법이 신뢰를 잃을 것이다.

(2020. 2 중앙일보)

검찰총장 임기제에 담긴 뜻

"소름이 끼친다고 할 만큼 검찰은 유능했습니다. 때론 너무 힘들고 너무하다 싶을 때도 있었습니다. 그러나 냉정하게 생각해보면 저는 그런 검찰에 대해 한편으론 믿음직스럽다고 생각합니다."

2004년 3월 노무현 전 대통령이 불법 대선 자금 수사에 대한 소회를 밝히는 기자회견 자리에서 한 발언이다. 검찰을 어떻게 생각하는지 엿볼 수 있어 곱씹어볼 만하다. 야당과 함께 여당의 대선 자금을 파헤치며 달려드는 성가신 검찰을 포용할 만큼 여유와 자신감이 있었던 거다.

법조인 출신이라 기대가 컸지만, 노 전 대통령도 검찰총장과의 관계는 순탄하지 않았다. 취임하자마자 총장이 자진 사퇴했다. "검찰 수뇌부를 신뢰할 수 없다"라고 대통령이 공개 석상에서 밝힌 게 빌미가 됐으니 사실상 해임한 거나 마찬가지였다. 전임 대통령이 임명해서인지 총장의 남은 임기에 개의치 않았다.

노 전 대통령은 자신이 골라 임명한 다음 총장과도

내내 긴장 관계가 지속되었다. 여성 법무부장관을 앞세워 의욕적으로 검찰 개혁을 밀어붙였지만, 대검 중수부 폐지라는 과제부터 막히면서 대체로 지지부진했다. 2003년 9월 시작된 불법 대선 자금 수사에 측근이 연루되어 발목이 잡혔기 때문이다. 수사가 끝난 뒤에도 검찰에 보복한다는 인상을 주지 않으려 하다 보니, 엉거주춤 타협 속에서 총장의 임기를 지켜줬다.

총장의 임기를 본의 아니게 무시하게 된 것은 그 다음 총장 때다. 국가보안법을 위반한 강정구 교수의 불구속 수사를 관철하고, 구속을 고집하던 검찰을 주저앉히기 위해 2005년 10월 법무부장관이 지휘권을 발동한 게 발단이 됐다. 사상 최초로 발동된 그 지휘를 수용하며, 김종빈 총장이 임기를 1년 반 남겨둔 채 사퇴해버렸다. 법상 명시된 제도를 활용해 검찰을 통제하려다가 뜻하지 않은 사태로 발전한 것이다. 임기제를 무시해 검찰을 장악하려 한다는 비난 여론이 비등했다.

1988년 도입된 검찰총장 임기제는 외부의 검찰 흔들기로부터 정치적 중립과 수사의 독립성을 지키려는 게 그 의도였다. 하지만 임기제가 김 전 총장의 자진 사퇴 강행을 막을 수는 없었다. 그의 사퇴는 수사의 독립성 훼손에 대해 임명권자인 대통령에게 항거하는 뜻으로 해석됐다. 지휘 수용에 대한 검찰 내부 반발을 무마하기 위해 불가피했을 수도 있다. 당시 임기제가 제 역할을 못한 걸 아쉬워하면서도 보장된 임기의 포기가 향후 장관의 지휘권 발동을 억지抑止한다면 의미가 있다고 봤다.

임기제가 맥을 못 쓰는 경우는 또 있다. 임기제의 한계라고 할까. 노무현 전 대통령 퇴임 직전 임명된 임채진 전 총장의 자진 사퇴가 그렇다. 2009년 노 전 대통령의 뇌물 수수 의혹을 총장 직할인 대검 중수부에 맡겨 수개월 수사하면서 노 전 대통령 소환 조사까지 마쳐놓고 20여 일이 지나도록 구속 여부 결론을 못 내린 채 우왕좌왕하던 중, 예상치 못한 비극적 결말을 맞게 됐다. 들끓는 비난 여론을 수습하려면 누군가

책임을 저야 했다. 수사 지휘의 최종 책임자인 총장이 "국민에게 사죄한다"라며 사퇴하는 마당에 임기 운운하는 게 말이 되겠는가. 도의적 책임과 함께 정치적 책임을 지는 사퇴였다. 무거운 책임이 따라붙는 고위 공직자라면 상황에 따라 정치적 책임을 저야 할 때가 있는데, 임기가 보장되는 자리라고 해서 예외가 될 순 없다.

임기제가 없었다면, 윤석열 총장은 어떻게 됐을까? 여당 의원이 공식 석상에서 대놓고 물러나라고 윽박지르는 걸 보면, 측근 검사들을 좌천시키는 인사로 총장 힘 빼기가 노골화되기 전에 진작 해임으로 결판났을 거 같다. 기자와 공모해 여권 실세의 비리를 캐내려 한 의혹에 윤 총장의 측근인 검사장이 연루됐으니 서울중앙지검의 수사에 대해 총장은 손을 떼라는 장관의 지휘권까지 발동되는 살벌한 판에서 버팀목이 된 게 임기제다.

자진 사퇴 카드는 윤 총장 스스로 일단 접은 것 같다. 지휘권 발동의 빌미가 된 사건이 총장 자리를

걸 만한 '깜'이 되지 않는다고 본 것 같다. 울산시장
선거 개입 의혹 수사부터 조국 전 장관에 대한 공소
유지까지, 자신이 벌여놓은 일을 마무리하고 싶어 사퇴
여부는 그 후에 따지겠다는 생각인지도 모른다. 권력을
상대로 호기롭게 뽑은 칼을 이제 와서 거둬들일 수도
없는 노릇이다. 그러기엔 너무 많이 나갔다.

　측근이 뿔뿔이 흩어져 고립이 깊어졌지만 수사를
저지하려는 화살을 임기라는 방패로 막으며 독전督戰에
나서는 수밖에 없다. 고난의 행군이 될 게 뻔하지만
결기와 진정성이 있으면 따르는 검사가 나오지
않겠는가. 권력과 야합해 편한 길을 가며 비난의
돌멩이를 피해 임기 뒤에 숨는, 그런 검찰총장은 더
이상 보고 싶지 않다.

(2020. 9 중앙일보)

진술거부권 행사로 얻는 게 있을까

"해명하는 게 구차하고 불필요하다."

검찰에 출석해 조사를 받은 조국 전 법무부장관이, 진술거부권을 행사하며 둘러댄 이유다. 검사의 혐의 추궁에 대해 부인도 아니고 묵묵부답으로 버틴다는 거다. 방어 전략으로 꺼낸 카드겠지만, 권력 실세로 통하는 전직 장관을 상대로 살얼음판 걷듯 조사했을 수사팀으로선 뒤통수를 맞은 셈이다.

진술 거부라는 보도를 보고 많은 사람이 깜짝 놀랐을 것 같다. 장관 임명 전에 기자 간담회 등을 자청해 자신과 가족들에게 쏠린 갖가지 의혹에 대해 조목조목 반박하던 모습과 너무 달랐으니까. 여론이 좋을 리 없다. 당연한 권리 행사인데 어쩌겠느냐는 사람도 있지만, 법률에 무지無知해 방어 능력이 없는 사람이 내세우는 권리 뒤에 숨겠다는 건 말이 안 된다는 쪽이 더 많다. 여론 향배를 아랑곳하지 않고 마이 웨이로 가는 건, 검찰에 대한 강한 불신과 함께 검찰 기능을 무시하겠다는 뜻으로 볼 수 있을 것이다.

당연한 권리의 행사임이 틀림없지만, 어쩐지

생뚱맞다는 느낌이 든다. 역사적으로 봐도 그렇다.
유죄의 자백을 받아내려고 고문拷問 등을 하지 못하게
하는 방패로 등장한 게 진술거부권 아닌가. 무고한
사람이 부당하게 처벌받지 않도록 해주고, 비록 죄를
범했더라도 자신의 유죄 입증에 협력을 강요하는 건
인간의 존엄을 해친다는 진술거부권의 이념적 기초를
떠올려봐도 이건 아니다 싶다.

실무상 진술거부권이 행사되는 사례가 거의
없는 이유가 뭘까. 검사의 신문에 응해 혐의에 대해
해명하느라 애쓰는 사람 중에는 무혐의나 기소유예
등을 기대하고 그렇게 하는 경우가 많을 것이다.
하지만 재판에 넘겨질 게 뻔한 경우에도 진술 거부가
거의 없다는 것은, 혐의를 다투더라도 검찰 단계에서
충분히 해명하는 게 공판 절차에서 유리하다는 계산이
서기 때문 아닐까. 재판 절차가 효율적으로 진행되길
바랄수록 사전 스크린 기회가 되는 검사의 신문 절차를
활용하려고 한다는 말이다.

실제 진술 거부는 국가보안법 위반 등 공안

사건에서 나오는 경우가 대부분이다. 자유민주주의 체제를 부정하고 형사사법에 대한 강한 불신을 표출하는 정치적 제스처로 동원되곤 하던 게 진술거부권이다. 진술거부권 자체에 불이익 추정의 금지가 내포되어 있지만, 현실적으로는 구속의 사유 중 하나인 증거인멸 우려 판단에 불리하게 작용할 수 있다. 결국 진술 거부로 얻을 수 있는 게 아무것도 없다.

장관이 아닌 형사법 전공 교수로서 양심에 어긋나는 처신을 해 많은 걸 잃는 것 같아 안타깝다. 형사사법 절차에서 검사가 하는 역할이 결코 가볍지 않다는 걸 모를 리 없다. 판사가 해야 할 일의 부담을 상당 부분 덜어주기 위해 사전 스크린 하도록 설계한 것이 검사의 피의자 신문 아닌가. 그걸 너도나도 무시하려고 달려들면 형사사법이 제대로 굴러갈까. 자백하는 사건을 공판 단계에서 신속 처리할 수 있는 건 소송법이 검사의 신문 조서에 증거 능력을 부여했기에 가능하다. 그런 소송 경제의 측면도 무너뜨려선 안 된다.

형사사법 제도를 존중한다면, 진술거부권 행사로

검찰 기능을 무시하는 분위기를 조장하는 행동은 자제해야 하지 않을까. 교수로서 학자적 양심이 있다면 더욱 그렇다. 진술 거부라는 정치적 제스처로 뭘 얻기는커녕 사법을 방해하는 것처럼 보여서야 되겠는가.

(2019. 12 중앙일보)

윤석열 총장 몰아내기와 법치주의

위기에 두 차례나 손을 내민 건 법원이었다. 지난 11월 사상 처음 직무 정지를 당한 윤석열 검찰총장이 며칠 만에 복귀할 수 있었던 건, 그가 낸 가처분 신청을 서울행정법원이 인용해준 덕분이다. 법무부장관의 직무 정지 명령이 검찰의 독립성과 정치적 중립성을 해친다는 이유에서다. 전국의 고검장 이하 검사들도 한숨 돌렸다. 장관에게 명령 철회를 집단으로 요구한 그들은 조직이기에 빠져 개혁에 저항한 게 아니라고 당당하게 항변할 수 있게 되었다.

법원은 윤 총장의 손을 들어주면서 헌법 가치인 검찰의 독립성과 중립성을 근거로 삼았다. 지휘·감독을 빙자한 수사 간섭으로 법무부장관이 검찰의 독립성과 중립성을 위협할 수 있는 현실을 직시하고, 검사들의 바람막이 역할을 위해 장관과의 관계 설정에 신경을 곤두세워야 하는 검찰총장의 입장을 헤아려줬다. "법무부장관의 지휘·감독권에 맹종할 경우 검사들의 독립성과 정치적 중립성은 유지될 수 없다"라는 판시는 그래서 울림이 컸다.

장관과의 갈등을 자초한 건 윤 총장이다. 작년
언론에 조국 전 장관 일가의 비리가 불거지자 민심이
들끓는 걸 보고, 도저히 덮을 수 없다고 판단한 게
발단이었다. 장관 후보 인사청문회 직전에 수사를
강행한 윤 총장에겐 험난한 가시밭길이 기다리고
있었다. 취임 당시 '살아 있는 권력'에 대해서도
엄정하게 대처하라는 대통령의 당부를 곧이곧대로 믿다
보니 그 길이 대통령을 위하는 길이라 판단했는지도
모른다. 화들짝 놀란 여권에서 무슨 수를 쓰더라도
검찰을 통제하라는 밀명이 장관에게 내려왔으리라.

통제는 전방위적이었다. 선출된 권력에 의한
'민주적 통제' 논리를 들이대며, 법상 가능한 수단이
모두 동원됐다. 장관의 지휘권 발동, 감찰 조사 직무
정지 명령, 징계 청구 등이 이어졌다. 전 정권의 적폐
청산이나 전직 대통령의 단죄 등을 밀어붙이며 윤
총장에게 환호한 게 엊그제 같은데 '공룡 검찰'이라
비난하며 괴물 취급을 했다. 이 점에 대해서도 선을
그은 게 법원이다. "법무부장관의 검찰총장에 대한

구체적인 지휘·감독권의 행사는 민주적 통제라는

목적을 달성하기 위한 필요의 최소한에 그쳐야

한다"라는 것이었다.

　민주적 통제만으론 부족하다고 본 걸까.

언젠가부터 '윤 총장 몰아내기'로 방향을 돌렸다.

울산시장 선거 개입 의혹 수사에서 청와대의 조직적

가담까지 파헤치려 했으니 그냥 둘 리 있겠는가.

거기에 뜻밖의 변수가 가세했다. 수사를 빙자해 정치를

한다는 프레임을 씌워 윤 총장을 압박하는 게 정권을

향한 수사를 저지하려는 꼼수라는 걸 눈치채고 민심이

돌아선 결과, 일부 조사 기관의 대권 주자 선호도

조사에서 윤 총장이 여당의 유력 주자를 앞지른 것이다.

　정치 행보란 여유로울 때 벌이는 놀음 아닌가.

정권에 맞서는 윤 총장에게 그런 여유가 있을까? 피를

말리는 하루하루를 보내고 있지 않을까? 더구나 장관

주도의 몇 차례 인사에서 측근이 모두 좌천되거나

잘리지 않았는가. 진행 중인 여러 가닥의 수사를

어떻게든 마무리해야 할 절박한 처지에 놓인 그의

손에는 남은 카드가 별로 없다. 결국 국민의 성원을 끌어내 난관을 돌파하려 하지 않겠는가.

몰아내기는 갈 데까지 갔다. 장관의 징계 청구에 따라 '정직 2개월'의 처분이 내려졌고, 다시 직무에서 떠난 윤 총장은 또 다른 가처분 신청이 인용되어 며칠 안에 복직했다. 징계 절차가 위법하고 사유가 부당하다는 주장에 법원이 손을 들어준 것이다. 이에 환호하는 국민이 많지만, 진영 논리에 빠져 윤 총장에게 대권을 노린 정치 행보를 당장 멈추고 사퇴하라는 목소리도 만만치 않다. 월성 원전의 경제성 평가 조작 수사 등을 서둘러야 한다. 정치 행보가 아님을 보여주려면 재판 결과 이외에 뭐가 있겠는가.

고위공직자범죄수사처(공수처)가 곧 출범한다. 수사 대상으로 몰려 또다시 압박할 것이다. 진행 중인 권력형 비리 사건의 대부분을 넘겨받을 그들은, 능력 부족으로 입증하지 못하는 경우가 나오면 애초에 말이 안 되는 수사를 벌였다고 덮어씌울지 모른다. 수사 관련 불만이 검사에 대한 고소·고발 형식으로 공수처에 쇄도하면,

기다렸다는 듯이 달려들어 윤 총장의 입지를 흔들
것이다.

비이성적인 발악 수준의 사퇴 압박이 오더라도
버텨야 한다. 임기를 방패 삼아 바람을 막아주는
총장다운 총장을 모시고 일한다는 검사들의 자부심을
꺾어선 안 된다. 법치주의를 지키려고 윤 총장에게
두 번이나 제자리를 찾아준 법원에도 보답해야 한다.
권력의 폭주에 맞서는 윤 총장에게 성원을 보내는
국민에게, 법치주의가 살아 있음을 보여줘야 한다.

(2020. 12 중앙일보)

나쁜 놈 잡고 범죄를 따라갈 뿐

"검찰이 수사로 정치를 하고 있다." "그냥 두지 않겠다." 여권에서 나온 검찰 비난이다. 최근 청와대 압수수색 등 권력을 상대로 한 거침없는 수사 행보에 위협을 느꼈기 때문인지, 수사권 남용 운운하며 제동을 거는 것이다. 그들의 비난에는 섬뜩한 적의敵意가 번득인다. 수사권 조정 등의 개혁을 무산시키려고 야당과 결탁해 강공強攻으로 나오고 있다. 말 못할 섭섭함도 깔려 있는 것 같다. 내 편인 줄 알고 반대를 뿌리치고 발탁한 "우리 윤 총장님"이 이럴 수 있느냐는 거다.

정치인이 연루된 비리나 정치권에 미치는 영향이 큰 사건을 묶어 '정치적 사건'이라 한다면, 그런 사건을 맡는 것은 주로 검찰의 몫이었다. 정치적 중립을 지키지 못한다고 욕을 먹으면서도 그 일을 감당해온 게 검찰이다. '권력의 시녀'라고 매도하는 사람조차 일이 터지면 검찰의 등판을 요구했다. 지난날 나라를 떠들썩하게 한 전직 대통령의 뇌물 수수, 현직 대통령 아들의 비리 수사 그리고 불법 대선 자금 수사 등을 비롯한 정치적 사건들의 착수 과정을 뜯어보라. 그중에는 검찰이 스스로 나선 것도 있지만, 들끓는 여론을 잠재워 국정을 신속히 안정시켜야 한다는 명분 때문에 마지못해 나선 경우가 더 많다. 기업 수사 도중 포착된 비자금을 추급해가다 정치 자금 꼬리가 잡힌 경우도 있었다.

정치적 사건의 부담이 비정상적으로 급증한 건 2017년 이 정부 출범 이후다. 2년 넘게 수사가 계속되다 보니, 검찰 관련 보도가 TV 저녁 뉴스를 뒤덮는 날이 이어졌다. 누가 봐도 '검찰 과잉'이다. 그런데 검찰 과잉이 당장 끝날 것 같지도 않다. 묻혀 넘어가던 일까지 까발려지기 때문이다. 전 정부의 적폐 청산에 동원된 촘촘한 그물이, 이 정부 권력 핵심부의 은밀한 업무상 비위까지 끌어 올리고 있다. 의사당 내 여야 간 충돌도 검찰에 떠넘기겠다며 정치권이 고발에 안달이 나 있다.

그간 정치적 사건을 주무르며 단물을 빨아먹은 게 검찰이다. 권한을 키우고 권력을 누렸으나 그게

독毒이었다. 정치권에서는 촉각을 곤두세우고 있다가 압수수색, 신병 구속 등 발걸음을 뗄 때마다 불똥이 튈 것 같으면 '수사로 정치한다'고 몰아세웠다. 그런 속성은 정치적 파장이 큰 사건일수록 더 심했다. 정치적 사건 수사를 숙명으로 받아들이면서 검찰 나름으로 살아날 길이라고 찾아낸 선택이 수사 회피였다. 그러면서도 권력의 눈치를 보는 걸로 오해받지 않으려고, 사법적 처리 대상이 아니라거나 정치권 내에서 자율적으로 해결할 문제라는 등의 명분을 내세웠다.

　회피 사례 중에 훗날 잘한 일로 평가받은 건, 1997년 12월 대선을 두 달 앞두고 터진 김대중 후보 비자금 조성 의혹 폭로다. 당시 검찰총장이 내린 수사 유보 결정은 수사 포기 선언이었다. 여론조사 지지도 우위를 묵살하고 수사했더라면 그게 바로 수사로 정치를 한 경우 아닐까. 틀림없이 대선 판세가 크게 요동쳤을 거다.

　그렇다고 마냥 회피하며 물러설 순 없다. 권력

감시라는 본연의 임무를 방기放棄할 수 없지 않은가.
그동안 권력 주변 실세의 비리를 때때로 단죄하기도
했지만, 살아 있는 권력에 전면적으로 칼을 겨눈 적은
없었다. 조국 사태로 시작된 수사가 이렇게 커질 줄
누가 알았을까? 갈수록 또 다른 의혹이 불거지더니,
마침내 헌법 가치를 훼손하는 권력의 선거 개입
의혹으로 번졌다.

모처럼 검찰이 큰 박수를 받고 있다. 살아 있는
권력에 맞서는 검찰의 '참모습'을 애타게 기다렸기
때문이리라. 하지만 뿌리 깊은 반감에 검찰 과잉의
피로감이 겹쳤기 때문인지, 검찰의 힘을 빼라는
목소리도 만만치 않다.

앞날을 예측하기 어렵지만, 진실을 쥔 쪽이
이길 수밖에 없다. 진실을 덮으려는 쪽에서 아무리
발버둥쳐도 덮을 수 없는 게 진실이다. 수사 방해나
음해를 극복하는 길은 오직 하나다. 법과 원칙에
의지해 진실만을 따라가라. 뒤엉킨 사실관계에서
정치적 색채가 있는 군살을 낱낱이 걷어내, 정치적

사건을 형사사건화하라. 빈틈없는 증거의 토대 위에
세운 공소사실로 재판에서 당당하게 승부하라.
인사이동으로 팀 구성이 바뀐 게 변명이 될 수 없다.
반드시 유죄를 받아내 포착된 진실이 누구도 흔들 수
없는 진실임을 입증해보여라.

　"나쁜 놈 잡고 범죄를 따라갈 뿐"이라는 윤 총장의
소신이 없었다면 여기까지 올 수 있었으랴. 검찰 과잉을
부추기며 적폐 청산 쪽으로 몰고 가던 사람들이 갑자기
매질에 나선 형국이지만, 말머리를 돌리기엔 너무
나가버렸다. 모진 매를 맞으면서도 진실에 다가가려고
몸부림친 것, 그게 쌓이면 새로 쓴 검찰 역사가 되리라.

(2020. 1 중앙일보)

김영란법 들여다보기

국회 입법의 권위가 땅에 떨어졌다. 압도적인 찬성 속에 통과된 '김영란법'의 잉크가 마르기도 전에, 여당 대표와 법제사법위원회장이 나서서 개정 필요성을 공언하고 있다. 변호사 단체는 법이 공포되기도 전에 일부 규정이 위헌이라고 주장하며 헌법 소원을 냈다. 빨리 낳으라고 재촉하던 옥동자를 힘들여 낳자마자 흠을 잡으며 서로 떠미는 꼴이다.

수년 전 법안이 제안될 당시에는 OECD 국가 중 하위권에 맴돌고 있는 우리나라의 청렴도를 획기적으로 높일 것으로 기대를 모으지 않았던가. 그 김영란법이 시행되기도 전에 졸속 입법으로 몰리고 있다. 여론조사에서는 과반수가 이 법의 통과에 지지를 보내고 있지만, 자신에게 미칠 이해득실에 치우치거나 법체계에 대한 이해 부족으로 무턱대고 비판하는 사람도 있는 것 같아 안타깝기 그지없다.

먼저 김영란법의 적용 대상을 공직자 이외에 민간에까지 확장시킨 것 자체가 위헌 소지가 있다고 단정하는 것은 지나치게 성급하다. 언론사 임직원을 법 적용 대상에 포함시킨 것 때문에 취재 환경이 위축되고 언론 자유가 침해될 우려가 있다는 비판도 일리가 있지만, 이 법 시행으로 기대되는 이익과의 비교 형량으로 절충점을 찾아야 할 문제로 봐야지 그것만으로 위헌성을 단정할 수는 없다. 광범위한 처벌 규정을 두면서 공직자 뇌물 수수의 해당 요건을 완화하고 민간 부문의 청렴성을 개선하기 위한 특칙을 두는 김영란법은 성격상 형법에 대한 특별법으로 볼 수밖에 없다. 그렇다면 위헌성 문제는 형사법의 큰 틀 속에서 판단해야 한다.

우리 형법은 공직자의 부패를 규율하기 위해 뇌물죄를, 민간 부문의 청렴성 확보를 위한 장치로 배임수재죄를 두고 있다. 뇌물 수수보다 형은 낮겠지만 사인私人 간의 뇌물 주고받기도 경우에 따라 형사처벌이 가능하다. 타인의 사무를 처리하는 자가 그 임무와 관련해 대가성 있는 금품을 받을 때 성립된다고 규정해둔 배임수재죄의 경우, 그 주체는 범위가 넓어 민간 기업이나 단체에 몸담은 사람 누구나 해당될 수 있다. 하지만 '부정한 청탁'이 있을 경우에만 처벌이 가능하도록 요건을 정해두었기 때문에 사법이 민간 영역에 과도하게 개입하지 못하도록 선을 그어두었다. 그동안의 법 적용에서 이러한 '부정한 청탁'을 엄격하게 해석하다 보니, 민간 영역 중에서 공공성이 뚜렷한 직종만이 배임수재의 주체가 되었다.

그동안 배임수재죄는 민간 부문의 청렴성 확보 장치로서 나름대로 기여를 해왔다. 언론사만으로 보자면 특정 가수의 음반을 자주 틀어주는 대가로 돈을 받은 방송사 PD나, 묵시적으로 부정적인 기사 쓰기를 자제해달라는 청탁을 받고 광고비 명목으로 돈을 받은 기자에게 배임수재죄가 적용되었다. 앞으로 민간 부문이지만 공공성이 뚜렷해 사적 자치에 맡겨둘 수 없는 영역이 갈수록 늘어날 수밖에 없다. 언론사 이외에도 환경이나 소비자 보호 문제 등을 주도하는 시민단체 등과 같이 공공성이 뚜렷한 직종에까지 법의 적용 대상을 오히려 넓힐 필요가 있다고 본다.

법 규정의 체계에 대한 손질도 필요하다. 민간

부문까지 공직자에 버금가는 그물망을 촘촘하게
짜보려는 것이 이 법의 목적이라면 기존의 배임수재죄를
기본으로 하여 그 적용 대상을 확장하거나 부정
청탁의 대가성 요건을 완화시키는 특칙을 두는 쪽으로
개정할 필요가 있다. 공직자에 대한 특칙과 분리하라는
말이다. 민간 부문의 일부 직종을 열거하면서 공직자와
병렬적으로 "공직자 등"이라고 묶어놓고 부정 청탁이나
금품 수수를 싸잡아 금지한 것이 불필요한 시비를
초래했다고 보기 때문이다.

　김영란법에 규정된 부정 청탁의 개념이 모호하여
형벌 법규의 명확성이 떨어진다는 비판 역시 일리가
없지 않지만, 입법 기술상 부정 청탁의 유형을 일일이
열거해 규정하는 것은 결코 쉽지 않다. 배임수재죄의
형법 규정 역시 "부정한 청탁을 받고"라고 애매하게
규정해두고, 사회 상규나 신의성실의 원칙에 위반한
행위로 해석하며 판례 축적으로 보완하고 있다.
전임 국민권익위원장이 지적한 대로, 부정 청탁을
포괄적으로 규정해두고 그에 해당되지 않는 행위를

열거하는 방식으로 바꾸는 것도 고려해볼 필요가 있다.

부패 문제에 대한 지난날의 대응을 되돌아보면, 문민정부 초기에는 그런대로 신선한 바람이 불었다. 공직자의 재산 공개, 금융실명제 도입 등과 같은 혁신적인 조치들이 청렴도를 한 단계 끌어올릴 수 있었지만, 그 후의 역대 정부에서는 부패 척결 문제가 정책 우선순위에서 밀려났다. 민간 부문의 부패 척결이야말로 그들의 자율에 맡겨야 한다는 것은 두말할 나위가 없다. 하지만 그런 자정 노력이 충분하지 않을 경우 형사처벌에 의존할 수밖에 없다. 부패 문제를 혁신적으로 개선하겠다고 만든 모처럼의 입법을 희화화하기만 해서야 누구에게 득이 되겠는가. 시행되기까지 시간의 여유가 있는 만큼 미비점을 보완하는 데 지혜를 모으는 것이 부패의 늪에서 벗어나는 길이 될 것이다.

(2015. 3 중앙일보)

공수처와 표적 수사

고위공직자범죄수사처(공수처)가 곧 출범한다. 공수처장 하마평도 흘러나온다. 그런데 기대를 모아야 할 신설 기구에 재를 뿌리는 일이 벌어지고 있다. 윤석열 검찰총장이 수사 대상 1호가 될 거라는 정치권 일각의 발언 때문이다. 검찰을 쪼개 공수처를 만들겠다는 저의를 의심하며 기구 신설에 반대하던 사람들은 '그것 봐라' 할지 모르겠다. 권력의 눈 밖에 난 누군가를 찍어내는 데 공수처가 동원될지도 모른다는 의구심을 불러일으키는 발언이 한두 사람의 돌출 행동이라고 보기엔 석연치 않은 구석이 있다.

공수처가 출범하게 되면 검찰에서 하던 일의 일부를 떠넘겨받아야 한다. 공수처가 맡게 될 고위 공직자 연루 비리 수사는 정치적으로 예민한 사안이 대부분이다. 그러니 검찰에서 수사할 때에도 중립성 시비가 끊이지 않는다. 수사 주체가 바뀐다고 해서 지긋지긋한 그 망령亡靈이 쉽게 사라질 리 없다. 그런 시비가 생기는 수사가 누군가를 찍어내려는 표적 수사로 착수된 거라고 뒤늦게 밝혀지면 수사 성과를 크게 올렸다

하더라도 그 결과를 믿으려 하지 않는다.

그런 만큼 수사 착수 경위에 정당성을 확보해 표적 수사로 의심받지 않는 것이 수사의 성패를 가르는 관건이라고 해도 과언이 아니다. 수사 대상이 누가 될 거라고 미리 점찍어 말한다는 것은, 수사 시작 전부터 표적 수사의 의심을 자초하는 것 아닌가. 이는 초보자도 알고 있는 수사의 기본이다. 공정성 확보를 포기하겠다고 선언하는 게 아니라면 그런 발언이 어떻게 나올 수 있단 말인가.

'누군가를 찍어내려고 착수했다'는 표적 수사 시비가 지난날 검찰을 얼마나 추락시켰는지 되돌아보라. 2009년 노무현 전 대통령의 뇌물수수 의혹 사건이 그 예다. 비극적 결말로 수사가 미완未完으로 끝났지만, 표적 수사의 전형典型으로 꼽히는 그 사건으로 검찰은 치명상을 입었다. 반면 정치색이 더 짙은 사건인데도 표적 수사 시비를 피해간 경우도 있다. 2004년 불법 대선 자금 수사가 그렇다. 당시 야당 대선 캠프의 모금을 대대적으로 파헤쳤지만, 대기업 계열사

수사에서 포착된 비자금을 추급해 들어간 것이라는
착수 경위 설명을 믿어준 것이다.

　공수처에 중립성 시비가 생기는 걸 막아줄 첫
번째 관건으로 공수처장 임명제를 꼽기도 한다. 맞는
말이다. 임명권자에게 보은報恩하겠다거나 다음 자리를
탐내는 사람을 앉히면 그걸로 끝이다. 수사를 아무리
잘해봐야 공정성 시비가 끊이지 않을 테니까. 임기를
두고 후보 추천 절차를 다듬는 것으로는 해결되지
않는다. 역대 검찰총장의 잦은 실패 사례를 보면 알 수
있지 않은가.

　하지만 공수처장 임명 못지않게 중요한 게 있다.
신설 기구에 내재된 구조적인 표적 수사 시비 요인이다.
통과된 법안을 뜯어보면 표적 수사로 의심받을
구조적 요인이 도사리고 있다. 검찰에서 일반 사건을
수사하는 도중에 고위 공직자 관련 혐의가 포착될 경우,
공수처장의 이첩移牒 요구에 응해 수사를 중단하고
자료 일체를 공수처 검사에게 넘겨줘야 한다. 그런데
이첩받은 자료를 토대로 수사하는 공수처 검사가

공수처장의 이첩 요구에 기속羈束되기 쉽다는 문제가 있다. 증거가 불충분함에도 불구하고 기소 쪽으로 기운다면, 표적 수사 시비를 피해가기 어렵다. 그건 검찰에서 자발적으로 이첩한 사건을 받아서 수사하는 경우와는 달리 봐야 한다. 한편 이첩받은 혐의자를 무혐의 처리할 수도 있는데, 그때는 검찰에서 진행 중인 수사를 가로채 뭉갰다는 의심을 받을 수 있다. 이것 역시 또 다른 패턴의 표적 수사다.

게다가 수사 대상에 따라 기소권까지 부여해 차등을 둔 것도 문제가 된다. 판검사 등이 수사 대상이 되면 예외적으로 수사 이외에 기소까지 할 수 있는 것이 그렇다는 말이다. 7000여 명의 공수처 수사 대상 중에 판검사가 5500여 명이니 비중이 크다. 분쟁을 칼로 자르듯 재단해야 하는 수사나 재판의 속성상 어느 한쪽은 불만을 가질 수밖에 없다. 그런 불만 때문에 판검사에 대한 비위 진정을 공수처에 내고 표적 수사 시비가 계속될 수 있다. 특히 공수처가 수사한 사건을 넘겨받아 무혐의 처리한 검사나 무죄 선고한 판사를 공수처가 맡게 될 경우, 그런 시비가 더 뜨거워질 게 뻔하다.

공수처가 출범 이후 순항하려면 표적 수사 시비를 낳는 구조적 문제를 보완하는 게 급선무다. '누구를 수사 대상 1호로 삼겠다'는 발언은 한두 사람의 돌출 행동으로 끝나길 바란다. 검찰과 공수처의 양립이 불가피하다면, 상호 견제 속에서 '윈윈' 해야 부패 대처 역량이 약화되는 사태를 막을 수 있다. 부패 대처에 구멍이 생기면 그 피해가 누구에게 돌아가겠는가.

(2020. 5 중앙일보)

검찰과 경찰의 수사권 조정

검찰 개혁 차원에서 수사권 조정이 추진되고 있다. 우여곡절 끝에 2011년 형사소송법 개정으로 마무리된 문제가 새 정부 국정 과제의 하나로 떠오른 것이다. 권한이 비대해진 검찰을 손볼 기회라고 박수치는 사람도 있고, 속이 뻔한 밥그릇 싸움을 또 보게 되었다며 눈살을 찌푸리는 사람도 있다.

국민의 눈을 두려워한다면 수사권을 두고 다투는 것은 피해야 할 일이다. 범죄로부터 공동체를 지키는 책무를 진 경찰과 검찰은 서로 협업해야 하는 관계다. 그동안에는 신경전을 벌이면서도 각자 맡은 역할을 다해 부끄럽지 않은 수준의 법질서를 유지해왔다. 그런데 정권 교체기마다 수사권 조정 시비가 등장해 잠재된 갈등을 증폭시키는 일이 반복되고 있다.

2011년 형사소송법 개정으로 경찰에 보장해준 수사 개시권에서 한 걸음 더 나아가 이제 수사 종결권까지 주는 쪽으로 논란의 불씨가 옮겨갔다. 그렇게 일단락된 문제가 다시 도마 위에 오른 것은 무엇 때문일까. 밖에서 볼 때 검찰이 너무 많은 걸 쥐고 있다고 생각하기 때문이다. 실제 수사의 대부분을 경찰이 하는데도 기소권과 함께 수사권까지 가지겠다고 우기고, 준사법기관이라면서도 경찰과 경쟁하듯이 직접 수사를 벌이는 검찰을 못마땅해하는 것이다. 타성에 젖은 방만한 검찰 운영이 논란을 자초한 면도 있다. 특별 수사라는 이름으로 경찰의 본래 수사 영역을 침범하는 경우가 많았고, 정권의 입맛에 맞추는 수사판을 벌이며 힘이 센 것처럼 우쭐대기도 했다.

이제 검찰은 몸가짐부터 가다듬어야 한다. 우선 사법기관으로서의 정체성을 되찾아야 한다. 경찰에 맡기는 수사의 범위를 더 넓혀줘야 하고, 직접 수사를 하더라도 최근의 국정 농단 비리와 같이 불가피한 경우가 아니면 가급적 나서지 말아야 한다. 책임을 지우면 그에 상응한 권한을 주라는 원칙에 맞게 경찰 수사의 자율성을 획기적으로 높여주는 방안도 적극 찾아야 한다.

일정 범죄에 한정해 영장 청구권의 독점을 풀어주는 것도 방안이 될 수 있다. 영장 청구권을 검사에게만 준

헌법 규정을 존중하면서도 운용의 묘를 살리라는 거다. 경찰이 영장을 신청하면 그대로 법원에 청구해 기각 여부 판단을 판사에게 맡기는 것이다. 이때 청구서에 구속의 당부에 대한 검사 나름의 의견을 첨부하거나 기소 단계에서 구속의 필요가 없으면 석방하는 방식으로 허점을 보완하면 된다.

수사권 조정 문제는 민간 위원으로 구성된 독립된 기구에서 결론을 내릴 방침이라고 한다. 검찰로서는 모든 것을 내려놓고 원점에서 다시 시작한다는 각오로 임할 수밖에 없다. 논의 과정에서 왜 수사권과 수사 지휘권을 고수할 수밖에 없는지 설명해야 한다. 법원과 경찰 사이에 낀 소추訴追 기관으로서의 역할을 수사권 없이 제대로 해낼 수 없기 때문이다.

개시·진행·종결이라는 단계를 거치는 수사는 기소 여부 판단으로 마무리된다. 수집된 증거의 가치를 따져 기소 여부를 판단하는 수사의 종결 작업은 기소권 행사와 동전의 양면 관계에 있다. 겉으로 보면 사실관계와 적용 법조를 적시하는 공소장 작성 작업이 기소권 행사처럼 보이지만, 핵심은 오히려 그 전제가 되는 기소 여부의 판단에 있다. 수사는 기소권 행사의 준비 행위일 뿐이다.

검사가 수사권을 가지더라도 경찰의 수사에 의존할 수밖에 없다. 검사가 처음부터 직접 수사를 벌이는 경우에는 그렇지 않지만, 그것은 예외적인 경우다. 개시 및 진행 단계에서는 경찰의 주도에 맡겨두다가 종결 단계에 가서 개입하게 되는데, 그 과정에서 충돌하거나 엇박자가 나지 않도록 해 주는 장치가 수사 지휘라는 연결 고리다. 지휘라는 어감 때문에 경찰이 거부감을 가질 수도 있으나, 지휘권을 검사에게 주는 것은 수사의 결론을 내리는 역할을 갖기 때문이다. 수사의 현장을 들여다보면 이해하기가 쉬울 것이다. 설사 경찰이 종결권을 가진다 하더라도 기소 과정에서 결론이 뒤집히면 의미가 없어진다. 그런 실효가 없는 종결권을 가지겠다고 고집하는 것은 경찰이 사건 송치 이후에는 손을 털겠다는 것밖에 되지 않는다. 송치 이후 기소와 유죄로 마무리되어 수사가 성공하길 바란다면 오히려 검사의 지휘를 자청해야 할 것이다. 미국의 경찰이 수사 도중 지휘권도 없는 검사에게 법적 자문을 요청하는 것은 기소로 연결되지 않는 수사는 무의미하기 때문이다.

검경의 수사권 조정은 형사사법의 틀을 크게 바꾸는 문제다. 검찰의 힘 빼기 차원에서 접근하는 것은 본말이 전도된 것이다. 수사는 경찰, 기소는 검찰이라는 식으로 서로 단절시켜버리면 그나마 유지되어왔던 협업 체제가 뿌리째 흔들리게 된다. 그것이 검찰은 물론 경찰에게도 도움이 될 리 없다. 더구나 그로 인해 범법자를 단죄하는 그물에 구멍이 생긴다면 그걸 바라는 국민이 어디 있겠는가.

(2017. 9 중앙선데이)

1심 재판의 만족도를 높이라

상고법원 신설을 두고 찬반 논란이 뜨겁다. 대법관 한 분이 1년에 3천여 건을 처리해야 할 정도로 늘어난 상고 사건을 신설되는 상고법원에 대폭 떠넘기고, 대법원은 중요 사건만 맡는 정책법원으로 남겠다는 것이다. 그럴 경우 대부분의 사건에서 최종심은 상고법원이 맡게 된다. 현재의 대법관 수를 대폭 늘려 상고심의 심리를 충실히 해달라는 법조 일각의 주장에 귀를 닫았던 대법원이 고심 끝에 내놓은 카드다.

사건 부담에 시달려온 대법원의 때늦은 변신 시도는 두 손 들고 환영할 일이다. 그동안 심리 불속행이라는 변칙적인 방법으로 절반 이상의 사건을 심리 없이 털어내는 것도 그렇지만 나머지 사건을 두고도 심리가 지연되는 것 때문에 많은 비난을 받아왔다. 그런 대법원의 고충을 십분 이해하면서도 최종심을 맡는 상고법원의 신설이 과연 목적한 대로 헌법이 보장하는 국민의 재판청구권을 강화할 수 있는지를 따져보지 않을 수 없다.

상고법원 신설은 3심의 심급 중 최종심을 보강하는

것이다. 우리에게는 유달리 삼세판을 고집하는 정서가 있으니 마지막 단계의 보강이 더 시급하고 중요하다는 전제를 깔고 있다. 하지만 상고법원 신설이 무엇보다도 먼저 그와 같은 삼세판을 우기는 법 감정을 부추길 수도 있다는 점을 지적하지 않을 수 없다. 처음부터 끝까지 가겠다는 생각으로 소송에 나서는 사람이 어디 있겠는가. 오히려 신속하고 충실한 심리를 거쳐 승복할 수 있는 결론을 단박에 받길 누구나 원하지만, 무언가 심리 과정이 부실하다고 보기 때문에 1심 판결을 수용하지 않고 많은 시간과 비용이 드는 항소를 선택하게 된다. 항소심에서 결론이 뒤집히면, 이번에는 패소한 사람이 다시 상고심을 찾게 된다. 최종심이 현재보다 보강된다면 소송의 시작 단계에서는 생각지도 않던 삼세판이 훨씬 더 늘어날 수밖에 없다.

상고법원의 신설이 이와 같이 삼세판을 부추기게 된다면, 신속한 재판으로 국민의 권리 구제를 해주라는 사법부의 임무를 저버리는 것이다. 권리 구제 요구에 신속한 재판으로 답해주라는 것은 1심의 절차 진행과

심리가 신속해야 함은 물론, 2심, 3심까지 가지 않고 1심 단계에서 양쪽 모두 승복할 수 있게 매듭 지어주라는 뜻도 있다. 지금도 질질 끄는 재판 때문에 비난받고 있는 사법부가 그런 불만이 더 늘어나게 해서야 되겠는가.

새로운 제도의 도입에 앞서 기본으로 돌아가 허점을 찾아보는 것이 필요하다. 상고 사건의 수를 줄이려면 1심 판결에 불복, 항소되는 사건의 수를 줄이는 것이 첩경이다. 1심 판결에 대한 항소 비율이 40퍼센트가 넘는 현실에서 그 비율을 절반 이하로 줄이면 상고심 사건은 저절로 현재보다 4분의 1 이하로 줄어들 수 있다. 그렇게 되더라도 1심 판결에 불복하는 비율을 줄이기 위한 그동안의 노력이 충분했다고 보지 않는다. 물론 재판장의 법정 언행을 개선하고 집중심리주의를 강화하는 등의 노력이 서서히 결실을 맺고 있고, 법조 일원화로 변호사 경력자를 판사로 임용하는 폭을 확대해나가는 것도 도움이 된다. 하지만 차제에 그동안 덮어두었던 위증의 문제도 짚고 넘어가야 한다.

공정함을 생명으로 하는 재판 과정에 거짓이 끼어들어서는 안 된다는 것은 너무도 당연하다. 그런데 실상은 그렇지 않다. 검사가 한쪽에서 눈을 부릅뜨고 있는 형사재판에서도 위증이 등장하지만, 민사재판의 경우 다툼이 치열해지면 그 빈도가 훨씬 높아진다. 심지어 위증을 교사하는 변호사까지 있다는 사실은 공공연한 비밀이다. 그럼에도 불구하고 그동안 이 문제는 거짓말을 가볍게 생각하는 사회 분위기나 인정에 끌리는 문화 탓으로 돌리며 공론화되지 않았다. 자유 심증으로 판단해 진실성이 의심되는 경우 그 증언을 배척하면 그만이라며 개별 재판부에 맡겨둔 채 사법부 차원의 대책 마련에 소홀했다.

위증이 끼어든 재판은 항소율이 높을 수밖에 없다. 패소의 원인이 위증이 아닐지라도 항소할 가능성이 매우 높다. 항소율을 줄이기 위해서라도 위증을 추방하기 위한 특단의 대책이 나와야 한다. 재판장의 권위를 우습게 보지 않고서야 태연하게 거짓 증언하는 사람이 나올 리 있겠는가. 법정 질서 유지 차원에서라도 단호하게 대처해야 한다. 필요하면 변호사 단체나 검찰의 협조도 받아 지혜를 모아야 한다.

현실적인 면을 보더라도 문제가 있다. 현재의 대법원이 부담하는 상고 사건의 대부분을 떠맡기려면 상고법원에는 수십 명의 고위 법관을 앉혀야 한다. 결국 현재의 고등법원 부장들이 대거 빠져나갈 수밖에 없고, 그 자리를 다시 지방법원 부장들이 채워야 한다면 1심 재판이 현재보다 더 부실해질 것은 불을 보듯 뻔하다.

아무쪼록 상고법원 신설을 추진하기 이전에, 1심 법원을 어떻게 강화해 재판에 대한 만족도를 높일지에 대한 보다 진지한 성찰이 있기를 촉구하고 싶다. 그러지 않고 상고심 단계만 철옹성을 쌓겠다는 것은, 남침해오는 적을 한강이 아닌 낙동강에서 막겠다고 인력과 화기를 뽑아 후방의 낙동강 방어선으로 집중시키는 것과 다를 바가 없다.

(2014. 12 중앙일보)

생명 존중의 무게감을 생각하며

"이름조차 알 수 없는 타인을 살리고자 너무 많은 사람이 자기 목숨을 걸어야 했다." 저서 〈골든아워〉에서 이국종 교수는 자신의 속내를 그렇게 털어놨다. 생명이 꺼져가는 긴박한 상황에서 생명의 불씨를 살리려고 사투死鬪를 벌인 임상 경험을 기록한 책에는 그가 흘린 눈물과 땀이 배어 있다. 의사로서 마땅히 해야 할 일의 차원을 넘어 생명 지킴이 일에 목숨 걸고 비장하게 매달렸던 것 같다.

생명 존중을 몸으로 실천한 점에서 그는 남달랐다. 그가 생명의 끈을 이어준 환자 대부분은 사고로 중증 외상을 입은 근로자들이었다. 의료 현장에서 애물단지 취급받는 그들에게 유독 집착한 것은, '예방 가능 사망'을 줄여보겠다는 의지 때문이었다고 한다. 분초分秒를 다툴 만큼 처치가 절박한 상황이 부담스러워 외과 의사들조차 기피하는 중증 외상 환자를 일부러 찾아 나선 그는, 생명의 불씨를 살리는 부담을 혼자 떠안아야 하는 '독박 쓰기'를 마다하지 않았다.

생명은 세상 그 무엇과도 바꿀 수 없다는 생명 존중의 무게감을 일찍이 행동으로 보여준 것도 그다. 2011년 이역만리 아덴만에서 해적의 총탄을 여러 발 맞아 생명이 위태로운 석해균 선장을 살리기 위해 중동의 오만까지 날아가지 않았던가. 기어이 그를 살려내는 생명 존중의 실천으로, 훗날 권역별외상센터 구축을 앞당기는 데 기여했다. 중증 외상 의료 시스템을 선진국 수준으로 끌어올리려고 발버둥 친 과정은 분명 순탄하지 않았으리라. 오죽하면 온갖 모멸과 치욕을 죽음으로 씻어내고 싶다고 그의 책에서 실토했을까.

생명 존중은 우리가 추구하는 보편적 가치임에도 불구하고 도처에서 위협받고 있다. 생명권을 헌법상 기본권으로 보호한다고 해서 생명의 안전이 저절로 지켜지는 건 아니다. "인간의 생명은 고귀하고 이 세상에서 무엇과도 바꿀 수 없는 존엄한 인간 존재의 근원이다"라고 헌법재판소가 선언했지만, 질병이나 교통사고, 산재 사고 등의 위험으로부터 생명을 지키기 위해서는 모든 사람이 특단의 노력을 기울여야 한다.

국가 역시 마찬가지다. 정부 차원의 대책이 나와야
한다.

생명이 고귀한 만큼 생명을 희생시킬 때에는 대가를
치러야 한다. 그동안 수없이 지켜본 생명의 집단적 희생
중에, 특히 엄청난 대가를 치른 경우가 '세월호 사고'다.
수백 명의 생명을 수장水葬시킨 그 사고는, 온 국민을
몇 년 동안 비탄에 빠뜨렸을 뿐 아니라 헌정사를 크게
요동치게 했다. 탄핵 발의가 파면 결정으로 이어져,
사상 최초로 대통령을 현직에서 끌어내렸다. 거론된
헌법 위반 사유보다 탄핵의 결정적 동인動因이 된 것은
사고 수습 과정의 생명 경시輕視라고 본다. 수백 명의
생명이 선실에 갇혀 죽어가는 몇 시간 동안, 관저에
머물던 대통령이 집무실로 이동해 좀 더 일찍 적극적인
상황 파악에 나섰더라면 결과는 달라졌을 거다. 그런
기초적인 대응을 건의하는 참모가 한 사람도 없었다.
대통령 탄핵에 이어 대통령과 비서실장 등의 핵심
참모를 철창에 가둘 만큼 생명 희생의 대가는 혹독했다.
한 사람의 생명 희생도 때로는 엄청난 결과를 몰고

온다. 영화 〈1987〉의 소재가 된 '박종철 고문치사'
사건이 그렇다. 1987년 엄혹한 군사정권 시절 경찰
대공對共 분실에서 조사받던 대학생의 꽃다운 생명이
희생됐다. 물고문이 사인死因이었다. 하지만 "책상을
탁 치니 억 하고 죽었다"라고 억지를 쓰며 얼버무리려
했다. 그런 은폐 공작이 먹혀들어 사인 규명을 위한
부검이 실시되지 않았다면, 무의미하게 희생된 생명이
됐을 것이다. 부검을 지휘해 권력에 맞선 검사는 뭘
믿고 고집을 부렸을까. 사인을 밝혀 억울함을 풀어주는
것에 생명을 지켜주는 것 이상의 의미를 두며, 그의
소신을 온 국민이 전폭적으로 지지해주리라고 믿었기
때문 아니었을까.

　물고문이라는 고의적인 생명 유린이 만천하에
드러났으니 파장이 클 수밖에 없었다. 권력을 등에 업고
은폐에 나섰던 경찰에 철퇴가 내려졌다. 고문 가담자는
물론 대공수사처장, 치안본부장(현 경찰청장)까지
구속되어 유죄 선고를 받았다. 마침내 그 해 '6월
항쟁'의 도화선이 됐고, 대통령 직선제 개헌으로

이어졌다. 서슬 퍼렇던 5공 정권을 무너뜨린 건 유린된 청년의 생명이다.

생명 존중이 시험받고 있다. 바이러스와의 전쟁으로 얼마나 많은 생명이 더 희생될지 예측하기 어렵다. 방역 등 정부 차원의 대처에 빈틈이 없어야 하겠지만, 개인의 분발 없이는 이길 수 없는 전쟁이다. 생명 희생을 막기 위해 인적, 물적 제약 속에서 사투를 벌이는 의료진의 헌신이 일깨워주는 생명 존중의 무거움을 되새기며, 우리 모두 몸과 마음을 다잡아야겠다.

(2020. 4 중앙일보)

인터뷰

전직 대통령에게 칼날 휘두를 땐
금도를 지켜야 한다

* 중앙일보 2017. 3. 21,

 박근혜 전 대통령의 검찰 소환이 임박한 시점, 노태우 전 대통령

 비자금 사건 수사의 주임 검사였던 저자와의 인터뷰로

 '고대훈의 직격 인터뷰' 코너에 수록된 기사입니다.

'헌정 사상 최초'라는 노태우 전 대통령에 대한 소환
조사가 주는 압박감은 어떠했나?

22년이 다 된 일이지만 엄청난 중압감을 느꼈다.
당시만 해도 군사정부 시절의 잔재가 있어
대통령의 일은 통치 행위로 치부됐고, 재임 중
돈을 받았다 하더라도 통치 자금의 범주로
인식하는 분위기였다. 노 전 대통령 수사
이전까지는 그런 분위기가 우리 사회에 팽배해
있었고 검찰도 예외가 아니었다. 대통령직에
있던 분이 재임 중 받은 돈이 뇌물이 될지도
모른다는 전제하에 수사의 칼을 들이댄다는 게
엄청난 일이었다. 검찰 수사의 성역을 무너뜨린
사건이었다.

전직 원수에 대한 예우 등을 배려했나?

헌법재판소의 파면 결정 이후 박근혜 전
대통령의 처신에 대해 실망과 분노가 들끓고
있다. 노 전 대통령 수사 당시에도 전직

대통령이 재임 중에 4000억~5000억 원의 뇌물을 거뒀다는 사실이 밝혀지자 국민적 분노가 하늘을 찌르며 가혹하게 다뤄야 한다는 목소리가 있었다. 철저한 수사를 통해 의혹을 밝히되 예우에는 노력해야 한다는 게 수사팀의 원칙이었다. 전직 대통령이 피의자가 됐다는 이유만으로 함부로 대하는 것은 우리의 국격國格을 떨어뜨리는 일이라고 봤다.

제3의 장소가 아닌 검찰청사에 불러 조사하는 이유는?
수사는 검사와 조사 대상자가 벌이는 기싸움이다. 그런 기싸움에서 검사가 상대를 누르지 못하면 이길 수 없다. 기싸움을 위해서는 조사실의 분위기가 아주 중요하다. 노련한 검사는 조사실의 조명을 어떻게 할지, 상대를 창문을 마주 보게 할지 아니면 등지게 앉힐지까지도 신경을 쓴다. 청사가 아닌 제3의 장소에서는 아무래도 검사가 불리해진다. 신문

과정에 이런저런 변명을 해댈 경우 신속한 자료
검색, 주변 사실관계 확인 등 지원을 받아야 한다.
제3의 장소에선 원활한 지원을 기대하기 어렵다.
박 전 대통령의 경우에도 파면 이전에 청와대
경내 등 제3의 장소에서 조사가 이루어졌다면
겉모양만 갖춘 조사가 됐을 가능성이 농후하다.

노 전 대통령을 구속하던 날(1995년 11월 16일)의 소회는?
소환 조사 후 뇌물 액수가 1000억 원을 넘어설
시점에 이르러 구속 또는 불구속 여부를 검토하는
단계가 왔다. 당시 검찰총장 주재로 수사팀
핵심 관계자들이 모여 회의를 했는데 모두
구속을 주장했다. 1976년 7월 일본의 다나카
가쿠에이田中角榮 전 총리가 50억 원(5억 엔) 정도의
뇌물을 받은 '록히드 사건'으로 구속됐으니 노
전 대통령의 구속도 당연하다는 논리였다. 나는
금액만으로 단순 비교하기보다 뇌물 중 사적인
용도에 쓴 부분을 보고 판단하자고 했다. 추적

결과 빌딩과 주거용 빌라, 아파트 몇 채를
구입하는 데 300여억 원을 쓴 사실을 밝혀냈고,
구속 방침을 확정했다.

조사 과정에서 인간적으로 동정심이 생길 수도 있지
않나?

노 전 대통령의 첫 조사 때 가족이 준비한
도시락을 드시도록 허용했다. 그런데 도시락
보자기에 끼워져 들어온 메모 쪽지가 있었던
거다. 그런 쪽지는 공범과 입맞춤을 시도하는
일에 종종 쓰였기 때문에 내용을 확인하지 않을
수 없었다. 정색을 하고 '호주머니에 넣은 쪽지
내용을 확인하고 싶다'고 했으나 선뜻 내놓지
않았다. 1분 이상 기싸움을 벌인 끝에 쪽지를
넘겨받아 내용을 보니 '아버지 힘내세요'라고 쓴
것인데 아들 노재헌 씨가 보낸 메모였다. 한없이
비정해지지 않을 수 없는 직업이 검사라는
생각이 들었지만 당시에는 어쩔 수 없었다.

압수수색를 요구한 목소리가 있던 걸로 알고 있다.

기소 시점이 다가오자 연희동 사저에 대한 압수수색을 왜 하지 않느냐고 언론에서 문제를 제기했다. 수사팀 회의에서 성과가 없더라도 압수수색을 해보자는 의견이 나왔지만 반대했다. 계좌 추적으로 본인이 숨겨둔 돈이 4000억 원이 넘는다는 것을 밝혀냈고, 그중 뇌물 2800여억 원에 대해 기소하는 마당에 압수수색은 의미가 없다고 봤다. 만약 고가의 패물이 나오거나 외국 원수들로부터 받은 선물 몇 점 등이 나오게 되면 쓸데없는 가십 거리만 생길 뿐 큰 줄기에는 의미가 없었다. 수사는 무서운 칼날이다. 무서운 칼날을 휘두를 때는 금도를 지켜야 한다. 그렇지 않고서는 공권력이 폭력이 될 수도 있다. 전직 대통령에 대한 엄격한 수사를 고집하다 자칫 잘못해 망신 주기가 될 수 있다는 점을 끊임없이 경계해야 한다.

수사하는 입장에서 전직과 현직 대통령 신분 사이에
어떤 차이가 있는가.

한마디로 하늘과 땅 차이다. 현직은 소추의
대상이 될 수 없는 만큼 그런 한계를 안고
수사하기 때문에 혐의를 다 밝혀내는 것이
불가능하다. 수사에서는 조사 대상자 외에
관련된 주변인이나 참고인 등을 광범위하게
조사해야 한다. 그런데 그 사람들이 현직
대통령과의 사이에서 일어난 일을 사실대로
진술할 리 있겠는가.

박 전 대통령에 대한 호칭 등 예우에 대한 논란이 있다.
막상 조사하는 검사들은 크게 신경 쓰지
않는 문제다. 마주 보고 신문할 때는 호칭을
부를 필요가 없고, 조서상에는 그냥 피의자로
올라간다. 우리가 통상 사회생활에서 장관을
지낸 분을 '장관님'이라고 호칭하는 것과
마찬가지로, 꼭 부를 필요가 있을 때는

'대통령님'이라고 하면 되는 것 아니겠는가.
2009년 노무현 전 대통령 수사 때 분위기가
험악했고 조사자들이 사납게 달려들어 벌어진
잡음 때문에 호칭에 대해 일반인의 관심이
높아진 것 같다.

비극으로 끝난 노무현 전 대통령의 소환 조사는 무엇이
잘못됐다고 보는가.
조사받는 사람에 대한 인간적인 배려가
부족했던 게 아닌가 생각된다. 소환 조사 후
신병 처리에 대한 결론을 신속히 내리지 않고
시간을 질질 끈 것도 아쉬운 부분이다.

수사 책임자들이 박 전 대통령이 임명한 사람이라면
영향을 받지 않을까?
헌법재판소 결정 때 봤겠지만 누가 임명하고
추천했느냐는 중요하지 않다. 사법을 집행하는
사람은 때로 비정해지지 않을 수 없다. 임명이나

추천과 상관없이 죄를 단죄하도록 훈련을 받은 사람이 법조인이다. 현 수사팀도 잘할 것으로 기대한다.

최순실 씨, 안종범 전 청와대 수석 등과의 대질이 필요하다고 보나?

대질 조사가 수사 기법상 필요한 경우가 있지만 실효성이 없는 경우가 많다. 부하나 신뢰가 돈독했던 사람의 경우 대질당하는 사람에게 스트레스를 주는 압박 수단은 되겠지만 이번 수사에서는 적절치 않다. 며칠 전까지 대통령이던 분을 대질까지 시키는 것은 상식적으로 지나치다. 부인하는 답변을 번복시키기 위해 무리하기보다 다른 증거로 입증하는 전략을 구사하는 것이 필요하다. 본인이 시인하지 않는다고 윽박지르는 듯한 태도는 곤란하다.

13가지나 되는 복잡한 혐의를 모두 구증해야 하는지.

기소 여부 판단을 위해서라도 13개 혐의에 대해 모두 다뤄야 한다. 기소 때 어떤 혐의를 왜 포함시키지 않았는지 국민에게 설명할 수 있으려면 다 조사해야 한다. 이번 사건의 경우 객관적인 증거가 많은 사건이라고 볼 수도 있다. 안종범 전 수석의 메모 자료나 정호성 전 비서관의 업무 지시 녹음 자료가 있지 않은가.

1차 검찰 특수본 수사와 특별검사 수사에 대한 평가는?

1차 특별수사본부(특수본) 수사는 아쉬운 점이 있다. 그러나 현직 대통령을 둘러싼 인물들에 대한 수사를 통해 어떤 방향으로 수사해야 할지를 설정한 점은 평가해야 한다. 현직 대통령이 형사소추가 가능한 조사 대상이 될 수 있다는 점을 제시했다. 특검은 제한된 시간 안에 많은 성과를 냈다고 평가하고 싶다. 사실 이런 수사에 대한 본격적인 평가는 공판을 거쳐 유죄 확정이 된 후에야 가능하다고 본다. 공판이라는 게 수사가 잘됐는지, 그 과정에서 절차상 무리는 없었는지에 관해 검증받는 절차다. 아무리 구속자가 많고 거창한 혐의가 적용돼 기소가 되더라도 재판에서 중요 부분이 무죄가 된다면 실패한 수사에 불과하다.

신병 처리에서 동정론과 처벌론 사이에 균형을 맞춰야 하는가.

검사들이 하는 업무 중 가장 의견이 많이 갈리고 정답이 없다고 할 수 있는 이슈가 구속 여부를 판단하는 일이다. 전 국민이 관심을 가지고 있고 '5·9 대선'에 어떤 영향을 미칠지 분석하며 이해관계에 따라 각자 주장을 달리하고 있다. 수사팀으로서는 얼마나 머리가 아프겠는가. 현명한 판단을 내리리라고 믿는다.

수사가 정치 논쟁에 휩싸일 염려가 있다.

　　헌재 탄핵과 대선 정국이 맞물려 있어
검찰로서는 굉장히 '불운한' 수사다. 전직
대통령의 범법 행위를 수사하는 것은
형사사건임에 틀림없지만 정치적 성격이 강한
수사다. 정치적 색채가 농후한 사건일수록
이를 단죄하는 입장에선 정치색을 털어내고
형사사건으로서의 뼈대를 확실히 하는 데
혼신의 힘을 모아야 한다. 그렇지 않고서는
정쟁의 빌미가 돼 이리저리 떠밀리게 되고
신뢰를 잃는다. '정치의 사법화'를 걱정하는
목소리가 있지 않은가. 정치적으로 해결할
사안을 검찰에 떠넘겨버리는 경우 검찰이
살아남기 위해선 원칙과 기본에 충실하는
수밖에 달리 길이 없다.

'칼을 찌르되 비틀지 말라'는 수사 원칙에 대해 어떻게
생각하는지.

백번 옳은 말이지만 현실적으론 지켜지지 않는 경우가 종종 있다고 본다. 이번 사건의 경우에는 큰 줄기에 집중하고, 소소한 가닥은 털어내기를 조심스럽게 기대해본다.

검찰의 신뢰 회복 방안은?

검찰의 신뢰가 워낙 많이 떨어지다 보니 단기간에 이를 회복하기는 어려울지 모르겠다. 1차 특수본에서 시동을 건 이번 수사를 2차 특수본이 잘 마무리한 걸로 평가받으면 신뢰 회복에 많은 도움이 될 것이다. 앞으로 검찰의 권한 행사를 줄이고 투명성을 높이는 것이 가장 시급하다고 본다. 검찰권이 과도하게 비대해졌다고 비난받는 것은 검찰이 경찰을 제치고 직접 수사에 나서는 일이 너무 많기 때문이다. 중요 사건의 수사 과정에서 신병 처리나 기소 여부 결정에 시민이 참여하는 폭을 더 넓혀 투명성을 제고해야 한다.

군소 한 접시, 손 편지 한 장

초판 1쇄 발행 2022년 11월 25일
초판 2쇄 발행 2022년 12월 27일

지은이 문영호

펴낸곳 브.레드
편집 편집부
교정·교열 전남희
디자인 성홍연
인쇄 (주)상지사P&B

출판 신고 2017년 6월 8일 제 2017-000113호
전화 02-6242-9516
팩스 02-6280-9517
이메일 breadbook.info@gmail.com
주소 서울시 중구 퇴계로 41길 39 703호

ISBN 979-11-90920-30-8

m.

밀meal은 콘텐츠의 편집 및 디자인 방향을 제안하는
브.레드의 출판물 지원 브랜드입니다.